SV

Norbert Gstrein

O_2

Novelle

Suhrkamp

Zweite Auflage 1993

Satz: IBV Satz- und Datentechnik, Berlin
Druck: Friedrich Pustet, Regensburg
Printed in Germany

O_2

1

Auf einmal steht der Ballon frei in der Luft, hoch über den Dächern, den Schloten der Fabrikgebäude, vor dem allmählich aufhellenden Himmel seine Silhouette, ein phantastisch großer Tropfen, auf den Kopf gestellt, kurz vor dem Abreißen, einen Augenblick unschlüssig, scheint es, bevor er losschießt, senkrecht nach oben, und mit einem Rauschen und Knattern, als würde in der Nähe ein Vogelschwarm aufsteigen, zieht er sein schlapp herabhängendes unteres Ende wie einen Kometenschweif nach, und, an den Tragseilen wild hin- und hergeschlenkert, die Gondel, die Aluminiumkugel mit ihren nicht sichtbaren Einstiegslöchern und Bullaugen. So schnell geht es, daß ungewiß ist, ob zuerst der Schrei war, oder ob der Ballon sich losgerissen hat und der Starter, um den Schein zu wahren, augenblicklich nachsetzt: »Haltetaue los.« Die Haltemannschaften, rund um den Startplatz verteilt, treten ein paar Schritte zurück und schauen, den Kopf in den Nacken gelegt, zu, wie das Ungetüm, schon ruhiger, Meter um Meter gewinnt. Das Schlenkern der Gondel nimmt ab, ihr Pendelausschlag, und schließlich zittert sie sich in der Ruhestellung ein, während der Ballon immer praller, immer runder wird, und mit den ersten Sonnenstrahlen bricht er aus dem Grau in Grau, auf einmal gelb leuchtend, in scharf umrissenen Konturen, ein überraschender Mond.

Das Stimmengewirr, das im Lärm des Starts untergegangen ist, wirkt nun, in der Stille, um so stärker, man versteht kaum ein Wort, nur immer wieder: »Unglaublich, er steigt, steigt und steigt.« Es ist eine illustre Runde, die sich auf dem Gelände der Ballonfabrik eingefunden hat, Fabrikvorstand und Direktion – Direktor und Direktorstellvertreter –, Wissenschaftler, allen voran Meteorologen und Physiker, Luftfahrtsachverständige, Aeronauten, Piloten oder wie sie sich nennen, Militärs sind darunter, in Uniform und in Zivil, Geheimdienst, Behördenvertreter, Honoratioren, und nur der Schickeria ist es noch zu früh. (Nicht einmal die Schauspielerin gibt sich die Ehre, die, engagiert oder aus eigenem Antrieb, am Vorabend die ganze Zeit um die zum Start vorbereitete Gondel herumgestreunt ist, wie zufällig, einmal so, einmal so posierend, mit einer keck über die Schultern geworfenen Stola und einem Kleid mit einer Vielzahl von Knöpfen auf dem Rücken, das nach dem schon klassischen ›Liebling, kannst du mir helfen?‹ geradezu schrie, mit Netzstrümpfen, Stiefeletten, mit einer Fliegerkappe aus Leder, und schließlich, als Höhepunkt, streifte sie sich einen weißen Wissenschaftlermantel über und ging unter dem Klicken unzähliger Photoapparate vor der weit ausgebreiteten Ballonhülle in Stellung: »Toi, toi, toi.«) Dutzende von Journalisten und Bildberichterstattern drängen sich um die besten Plätze, unter ihnen sind es die Vertreter der Augsburger Zeitung, vierschrötige Kerle mit dem Gehabe von Rausschmeißern, die sich hervortun, mit gezückten Blöcken ihren Heimvorteil ausnützen, rücksichtslos, und später unverdrossen ihre Photoapparate in das grobgekörnte Nichts richten. Von Mädchen in Tracht, Marketenderinnen, werden Gläser ausgeteilt, Sekt wird eingeschenkt, und man stößt unter Hoch- und Bravorufen, übertönt vom Geschepper einer augenblicklich einsetzenden Blasmusik, auf gutes Gelingen an. Es ist ein Programmpunkt – Skepsis, Freude, Skepsis –, und allen scheint es leicht zu fallen, einen erhabenen Ausdruck in ihre Gesichter zu zaubern. Stets von neuem gehen wie auf Kommando, wie gebündelt ihre Blicke nach oben, und es ist etwas Religiöses im unentwegten Starren und Staunen, dieselbe Einfalt wie auf den ›Himmelfahrten‹, Pfingst- und Auferstehungsbildern alter Meister, daß allein schon das Ansetzen von Ferngläsern gottlos wirken muß. Und vielleicht erklärt das den Genuß, mit dem es geschieht.

In Wellen ist von Zeit zu Zeit, wenn es still genug wird, wie von weit her, von der anderen Seite des Fabrikkanals das Brausen der Menge zu hören, die dort in unzähligen Reihen, dicht an den Kanalrand gedrängt, Aufstellung genommen hat, und es erinnert an den Lärm in einem Stadion, mit seinem Auf und Ab. Trotz der Kälte sind Scharen gekommen, manche schon am Abend davor, um nichts zu versäumen, manche von wer weiß wo herangekarrt, aus dem ganzen Landkreis, es ist ein gesichtsloser Haufen im Zwielicht, ein Durcheinander von Müßiggängern und allen möglichen Neugierigen. Weiter weg, vor dem Hintergrund anderer Fabriken, ist es ein paar Unentwegten gelungen, auf der taunassen Wiese ein Feuer anzuzünden und mit ein paar Klaftern Krüppelholz qualmend am Brennen zu halten. Drumherum beginnt ein Tanz scheinbar Regloser, mit wüst wirkenden Licht- und Schattenspielen in ihren Gesichtern. Da und dort flammen notdürftig als Fackeln verwendete Scheite in den Händen der Umstehenden auf, und wenn sie mit ihnen Symbole in die Luft zeichnen, wild fuchtelnd, steckt nichts dahinter, nichts, es geschieht spontan, mit einem Zischen, einem Fauchen, mit dem Funkenflug von Wunderkerzen. Als es nach und nach immer mehr sind, die sich dazugesellen, Arm in Arm schon, vor allem Männer, und auf einmal ganze Schlangen, Spiralen singend um den ›Scheiterhaufen‹ kreisen, wie in Trance, nimmt das Interesse am Himmelsgeschehen auch schon ab – ›Himmelsgeschehen‹ ist das Wort einer einschlägigen Zeitung –, man schaut nicht mehr nach oben, wozu auch, es ist alles im reinen, und gibt sich statt dessen lieber seinem Taumel hin, seinem Heidentum.

Der Ballon scheint inzwischen nicht mehr zu steigen. Ins Gleichgewicht gekommen, ab und zu von leichten, schnell wieder zerrissenen Wolken verdeckt, steht er majestätisch still, und nur wenn man lang genug hinschaut, wieder und wieder visiert, ist kaum merklich die Drift Richtung Süden, Südwesten erkennbar. Weit unter ihm schraubt sich das zu spät aufgestiegene Beobachtungsflugzeug in immer engeren Spiralen in die Höhe, schmiert ab, steigt wieder auf, schmiert ab und scheint von Zeit zu Zeit sogar ins Trudeln zu kommen, ob absichtlich oder nicht, mit einem Lärm, der, an- und abschwellend, alles überdeckt. Bis es im Sturzflug herabschießt, sich im letzten Augenblick fängt und über den Köpfen der Versammelten eine weite Schleife zieht, so niedrig, daß man, vom Propeller verwischt, in der Kuppel den Kopf des Piloten sehen kann, bevor es verschwindet. Aus der entgegengesetzten Richtung kommt ein Doppeldecker näher, mühsam, scheint es, arbeitet sich heran, an seinem Heck ein Spruchband, HOTEL BAYERISCHER HOF, kreist, kreist und kreist und sucht sich schließlich einen neuen Mittelpunkt über dem Zentrum der Stadt.

Es ist noch immer nicht ganz hell, als auf dem Gelände der Ballonfabrik ein Schwarm Ballons losgelassen wird, Gasballons in allen Farben, die hoch in die Luft steigen, nur einer, der platzt und abstürzt, zerfetzt – etwas daran gibt dem Ganzen den Anstrich eines Versuchs, wenn auch nachgetragen, eines Experiments, das statistisch geglückt ist –, und während einer nach dem anderen verschwindet, unsichtbar, macht sich zum ersten Mal Erleichterung breit. Was will man mehr? »Wir werden sehen.«

Wir hatten uns an die Dunkelheit im Inneren der Gondel noch gar nicht gewöhnt, und es war das Geräusch der zufallenden Luken, das uns schwer in den Ohren lag, oder die folgende Stille – wer weiß –, als es losging. Mit einem Scheppern, Metall gegen Metall, und alles, was nicht niet- und nagelfest war, kam ihnen entgegen. Auffangen, halten, immer andere Teile der Apparatur, unseres Hab und Guts in den Händen – es war ein Kunststück. Hin- und hergeworfen, vermochten sie sonst nichts zu tun, und ihre Schläge gegen die Kabinenwand wurden mit Schlägen von außen beantwortet, mit einem unvergleichbaren Lärm. (Am ehesten war er vergleichbar mit dem Tohuwabohu in einem Yachthafen, über den gerade ein Sturm hinwegging, daß die Masten der Segelboote im Takt hin- und herschwankten, mit dem schon sprichwörtlichen Klirren – es war ein Schaben und Kratzen dabei –, und wenn ab und zu eine Bö am aufgerollten Tuch zerrte oder gar einen Teil losriß, war es ein Knallen, mit Pausen wie zum Atemholen, Augenblicken vollkommener Stille, wenigstens schien es so, unmittelbar davor und danach.) Wir hielten uns an den Händen, wir fanden uns Hand in Hand wieder, sowie der ärgste Wirbel vorbei war, stumm, starr vor Angst. Sie sahen sich nicht an, standen nur da, einmal war es der Professor, einmal der Assistent, der ansetzte, etwas zu sagen, und schließlich machten sie gleichzeitig in Flüchen ihrer Erleichterung Luft und versuchten stets von neuem zu lachen, stets von neuem vergeblich.

In der Zwischenzeit ging die Temperatur so weit zurück, daß die sich niederschlagende Feuchtigkeit als Reif auf uns herabrieselte, und erst später, in der Sonne, gefror sie nicht mehr und blieb in großen Tropfen an der Decke hängen oder floß in kreuz und quer sich schneidenden Bahnen die Wände entlang. Daß die Kugelgondel wie eines dieser Souvenirs wirken mußte, die man auf den Kopf stellt oder schüttelt, und es schneit in einer Allgäu-, Alpen- oder Schwarzwaldlandschaft, und spätestens zu Mittag war es wie in einem winzigen Gewächshaus unter tropischen Bedingungen, mit nur ein paar Kubikmetern stickiger Luft. Das gleichmäßige Brummen, das zu hören war, kam von den Sauerstoffapparaten, und es ging uns schnell in Fleisch und Blut über, von Anfang an etwas Organisches, ganz und gar uns zugehörig, O_2, farb-, geschmack- und geruchlos – wir waren froh, wenigstens das Geräusch zu haben, und lauschten, als lauschten wir unserem eigenen Herzschlag. Zögern, einen Augenblick, nicht länger. Schon versuchten sie im Licht, das mittlerweile durch die Bullaugen drang, Ordnung zu machen, und während sie noch die Meßgeräte überprüften, ging es Schlag auf Schlag. Wir schauten nur so, als ein Barometer auf dem Boden zersprang. »Quecksilber.« Sie sagten es gleichzeitig – »Quecksilber und Aluminium« –, und es war nicht nötig, etwas anderes zu sagen. Wir warteten. Als nichts geschah, wagten sie sich umzuschauen. »Ruhe.« Und auf einmal war ein Zischen zu hören. Wir hatten ein Leck. (Ich hörte die Worte meines Turnlehrer- und Reserveoffiziervaters, ›Mannszucht‹, ›Disziplin‹, als würde er unmittelbar neben uns stehen, eine lächerliche, eine altmodische Erscheinung, mit seinem Spitzbart und seinem immer noch nicht abgelegten Zwicker, und wenn er im Rahmen seiner berühmt berüchtigten körperlichen Ertüchtigung eine seiner Kompanien, entweder in der Armee, oder eine seiner Schulklassen, die er auch so nannte, über Stock und Stein schickte und sie dann vor sich in Reih und Glied antreten ließ, war es immer die Atmung, auf die er Wert legte, und er machte selbst mit, übertrieben, mhhh-phhh, mhhh-phhh, durch die Nase ein, durch den Mund aus, daß es von Jahr zu Jahr mehr in seine Physiognomie eingegraben zu sein schien, wenn er einmal wie ein Hungerleider mit Hohlwangen wirkte, einmal wie ein Bonze, ein Parteibonze mit Pausbacken.) »Scheißloch.« Sie entdeckten die Stelle, und während der Professor sich über sie beugte und unter wilden Verwünschungen das vorbereitete Gemisch aus Wollfäden und -fusseln verstrich, stand der Assistent scheinbar gelassen da, las laut die Barometerstände ab, außen so und so viel, innen so und so, und um den Druckverlust auszugleichen, schüttete er von Zeit zu Zeit ein paar Tropfen Sauerstoff aus und sah zu, wie sie verdampften. Wir waren schon in der Stratosphäre, als der Innendruck endlich konstant blieb, während der Außendruck noch weiter sank, Strich um Strich, und sich schließlich auf einem Wert einpendelte, der nur wenig über dem von uns angepeilten lag. Wir hatten aufgehört zu steigen.

Bevor wir mit den Messungen begannen, urinierten wir Rücken an Rücken, voneinander abgewandt, in unsere Uringläser, stöpselten sie zu und stellten sie auf den Boden. (Ich erinnerte mich, daß ich als Kind nie konnte, wenn ich in einem Pissoir, in einer öffentlichen Toilette mit ein paar Männern dastand, mit verzweifelt ihr Geschlecht schüttelnden und schlenkernden Prostatikern, mit Betrunkenen, die, ihre Stirn an die Fliesenwand über der Schale gelehnt, in den Knien einknickten und mit geschlossenen Augen sich selbst besprenkelten, manchmal freihändig, und aus ihrem Mund kam ein unverständliches Geseire.) Dann standen sie, ohne etwas zu sagen, über die Schreiber gebeugt, sahen zu, wie die Schreibarme, schnurrend und tickernd, auf den Registriertrommeln Millimeter um Millimeter ihre haarfeinen, zittrigen Linien zogen, Temperatur, Luftdruck und Luftfeuchtigkeit, und nahmen in Minutenabständen abwechselnd an den Ionisationskammern Stromstärke und Spannung ab, um sie in die entsprechenden Tabellen einzutragen. Wenn alles gut ging, war sonst nichts zu tun. »Wir können uns Zeit lassen.«

Stets von neuem warfen sie einen Blick aus den Bullaugen oder starrten durch die Bodenluke nach unten, und in ihrem Sichtkegel, manchmal von Schleierwolken verwischt oder gar ausgelöscht, tauchte während des ganzen Vormittags immer wieder ein Fluß auf, es mußte der Lech sein, verschwommen, ohne Kontraste die Landschaft, ein ungewisses Blaugrau, Graugrün, eher schwarzweiß als in Farben. Es war ein anstrengendes Schauen, und während der Professor, wie um noch mehr zu sehen, ab und zu die Augen schloß, so kurz, daß es wie ein verzögertes Blinzeln wirkte, schien der Assistent mit weit aufgeklappten ›Scheinwerfern‹ alles ausleuchten zu wollen. Was wir uns davon versprachen? Über dem Dunst, der als weiße, scheinbar straff gespannte Decke unter ihnen lag, türmten sich da und dort in den phantastischsten Formen, plüschweich, schien es, Haufenwolken auf, mehrere Stockwerke hoch, Wolkenkratzerwolken, mit von Augenblick zu Augenblick sich ändernden Licht- und Schattenspielen. Der Himmel über uns war am Horizont hell und wurde gegen den Zenit zu immer dunkler, so blau, daß er schon schwarz wirkte. (Daß ich Lust bekam, wieder Firmament zu sagen, wie ich es als Kind immer gesagt hatte, und mit welcher Inbrunst, als wäre dann alles noch himmlischer, heiliger.) Als sie in der Ferne, weit weg, die ersten Ausläufer der Alpen sahen, war es wie eine Halluzination, so transparent schienen sie, ein Kippbild, das wild hin- und hersprang, einmal, als würden ihre schnee- und eisbedeckten Kuppen frei in der Luft schweben, dann wieder, als wären sie geköpft, nur mit ihren Rümpfen fest verwurzelt. Es dauerte eine Zeitlang, bis ein im

Peilring anvisierter Bodenpunkt von der Mitte an den Rand gewandert war – Mosaiksteinchen, ununterscheidbar, schoben sich nur allmählich neben-, scheinbar übereinander, Überblendungen –, und es ging kaum Wind.

Wir entschlossen uns zu steigen – »7.30 Uhr. Wir entschließen uns zu steigen«, schrieb der Professor ins Bordbuch –, und nachdem wir genug Ballast ausgeschleust hatten, mehrere Säcke Bleisand, warteten wir an den Barometern und lasen in einem fort die Stände ab, auf halbe Millimeter genau – wir sahen uns immer wieder an, als würde die Zahlenreihe nicht stimmen und unser monotones Herunterzählen auf ein schlimmes Ende zustreben –, und als außen der Druck nur mehr eine Zehntelatmosphäre betrug, wir schauten wieder und wieder hin, war es acht Uhr. »8 Uhr. Unser Ziel ist erreicht.«

Da war die Schmach wie weggewischt, die den Professor seit dem ersten Startversuch achteinhalb Monate davor auf Schritt und Tritt zu begleiten schien. Er hatte die Schlagzeilen noch in den Ohren: ›Münchhausen‹, ›Schneider von Ulm‹. War es seine Schuld gewesen? Zu wenig Bedachtsamkeit, Überstürzung konnte man ihm vorwerfen, aber sonst? In seinen Alpträumen war es eine wiederkehrende Szene, wie er, zum Einsteigen bereit, unter dem schon gefüllten Ballon stand und sich von seiner Familie verabschiedete, mit versagender Stimme, von der Professorengattin, denn das war sie ganz und gar und wäre es wahrscheinlich auch ohne ihn gewesen, eine Professorengattin, die mit einem schwarzen Schlapphut und einem ebenso schwarzen Cape wartete, ängstlich und stolz, und ihm auf einmal vor aller Augen, ohne sich um seine Zurückhaltung zu scheren, um den Hals fiel, und mehr noch von den Kindern, vom Jungen, der scheu auf den Boden starrte, um nicht zu weinen, und von den drei Mädchen in Matrosenkleidern, weiß, gelb und grün, Stutzen und Schnallenschuhen, die ihre Handtaschen fest an sich drückten, mit übererernsten Erwachsenengesichtern und weißen, gelb und grün gesprenkelten Maschen im Haar – Schmetterlinge –, und als er nach dem Assistenten eingestiegen war, ging es schnell, Windbö um Windbö stieß über das Fabrikgelände, an einen Aufstieg war nicht mehr zu denken, auch nicht, wenn sie Ballast gaben, nein, eine hilflose Geste, von den Zuschauern symbolisch verstanden – »Sie haben sich in die Hosen gemacht« –, und es gab schon die ersten Buhrufe und Pfiffe, als sie wieder ausstiegen: »Viel Rauch um nichts.«

»Die Geschichte unserer Fahrt«, schrieb er später, »war von Anfang an die Geschichte mancher

Mißverständnisse.« Schon als er sich zum ersten Mal mit seinem Plan an die Ballonfabrik gewandt hatte, war ihm unter der übertrieben zur Schau getragenen Begeisterung die Reserviertheit des Direktors nicht entgangen. Ob er einen Scharlatan in ihm sah? Auf jeden Fall umgab ihn schnell etwas Anrüchiges, als trotz aller Geheimhaltung die ersten Gerüchte in Umlauf kamen, und er mußte immer wieder sein Ziel ins richtige Licht rücken, betonen, daß es ihm um wissenschaftliche Experimente ging, er scheute sich nicht, es auszuführen, um eine ›Untersuchung der kosmischen Strahlung‹, eine ›Theorie der Luftelektrizität‹. Oder ging es ihm um einen neuen Höhenweltrekord? Zuletzt einigte man sich auf eine Wendung, die so oder so gedeutet werden konnte: ›Eroberung der Stratosphäre‹. Was ihn am meisten traf, war die Skepsis, manchmal Ablehnung in Fachkreisen, wenn er in naturwissenschaftlichen oder aeronautischen Gesellschaften darüber sprach, das Gelächter der Gelehrten. In einer Laune hatte er einmal seinen ›Sturzhelm‹ vorgeführt, den er bei der Landung tragen wollte, einen mit winzigen Wollknäueln und mehreren Stoffschichten ausgelegten Eierkorb, eigens schief aufgesetzt, und war angesehen worden wie ein nicht ernst zu nehmender Querkopf. Den Höhepunkt erreichte es, als er die Gondel überstellen ließ und die Fahrt selbst auf dem Beifahrersitz des Lastwagens mitmachte, Brüssel-Augsburg, ein Ereignis, Triumphzug oder Spießrutenlauf, überall strömten Leute zusammen, und was sie zu sehen bekamen, war die von der Presse einmal hoch-, einmal heruntergespielte Berühmtheit, ein schmalschultriger, hagerer Mann mit der sprichwörtlichen Denkerstirn und einer schon schütteren Künstlermähne, wenigstens war das immer wieder zu hören, ›Künstlermähne‹, oder ›Prototyp eines Wissenschaftlers‹, Himmelsstürmer, Hochstapler oder Held. Wenn die Bilder ganz durcheinander gingen, hieß es ›Don Quichotte auf seinem Trojanischen Pferd‹, und es endete erst nach seiner Ankunft, mit einem ›Masseninterview‹ im Foyer des Bayerischen Hofs – Vertreter in- und ausländischer Zeitungen, dreißig, vierzig oder mehr, waren versammelt –, mit den üblichen Fragen, den üblichen Vergleichen, Vergleichen vor allem mit der unsäglichen Expedition Andrée, von der unlängst erst Überreste und Aufzeichnungen gefunden worden waren, und man sagte ihm mehr oder weniger verschlüsselt dasselbe Schicksal voraus, wie es Salomon August A. – es wurde oft dabei belassen –, der Draufgänger, erlitten hatte, als er Ende des vorigen Jahrhunderts mir nichts, dir nichts mit einem Ballon von Spitzbergen nach Alaska wollte, und seither war er verschollen.

»Im Jahr 1783, oder, um genau zu sein, am 5. Juni 1783, ließen die Brüder Michel Joseph und Etienne Jacques de Montgolfier vom Marktplatz in Vidalon-lès-Annonay den ersten unbemannten Heißluftballon aufsteigen.« Das sagte der Professor immer auf Fragen, woher alles kam, und wenn er es sagte, möglichst ohne etwas auszulassen, wirkte er spöttisch, stolz auf sein unnützes Wissen. (So war es in einem Extrablatt der Augsburger Zeitung zitiert, und genau gleich in anderen Blättern, wenn es um entscheidende Kindheitserlebnisse ging, mit Flieger- und Möchtegernflieger-anekdoten, als Vorgeschichte sozusagen, nur weil jede Geschichte eine Vorgeschichte hatte, und jede Vorgeschichte wieder eine, wieder und wieder: »Gebürtig in Basel, studierte er an der ETH Zürich und war dort Privatdozent und Professor, vor seiner Berufung nach Brüssel. Den Ausschlag, sie anzunehmen, gab nicht nur, daß er Vorstand des Physikalischen Instituts wurde, sondern vor allem die Zusicherung eines Freibudgets: ›Sie können damit machen, was Sie wollen.‹ Schon als Student ging er zu einem Gordon Bennett-Wettbewerb und stand zum ersten Mal vor einem der angepriesenen, in einem Zelt abgestellten ›Flugapparate schwerer als Luft‹, und als er sie wenig später fliegen sah – man nannte es so –, legte er sich mit den anderen Zuschauern ins Gras neben die Startpiste und schaute, ob die Räder den Boden verließen, und wenn, wie lange, wieviel Sekunden, wenn eines der Dinger daherkam, ein paar Sprünge machte, störrisch, schien es, und vielleicht sogar abhob. Davor schon hatte er selbst die ersten Ballonflüge unternommen, als Mitglied des Schweizerischen Aeroklubs, und war dabei, sich in Fliegerkreisen einen Namen zu machen, nicht zuletzt mit seinen vielbeachteten Vorträgen ›Die Stabilität der Flugzeuge‹ und ›Theorie der Höhenflüge und maximale Fluggeschwindigkeiten‹.«)

»Während wir unserer Arbeit nachgehen, schwebt der Ballon Tausende von Metern hoch über unseren Köpfen, auf dem Weg in ein neues Zeitalter der Luftfahrt, und wenn Sie, Leser, Sie, Leserin, hinaufschauen und ihn sehen oder auch nicht sehen, denken Sie daran, daß wir den Männern Dank schulden, dem Professor, einem Bild von Mann, und dem Assistenten, der ihm in seiner Unerschrockenheit in nichts nachsteht.«

»Es war ein denkwürdiger Tag.« So oder so ähnlich begann der Bergführer und ehemalige Volksschullehrer Franz Joseph Schatz seinen Bericht immer, wenn er später gefragt wurde, und er fuhr mit großartigen Gesten fort und verstieg sich unweigerlich in Kleinigkeiten. Es war sein Lebensthema, von Mal zu Mal mehr und noch mehr ausgeschmückt, wenn er allen möglichen Gruppen damit kam oder auf Jubiläumsveranstaltungen des Fremdenverkehrsverbandes mir nichts, dir nichts loslegte, und es gelang ihm, es an Stammtischen jahrzehntelang am Leben zu halten. Er ließ keine Möglichkeit aus, es anzubringen, vor allem, als er älter wurde, und auch wenn Kinder ihn ärgern wollten und von weitem schrien, erzähl, erzähl, erzählte er. Und als er nicht mehr konnte, oder man ließ ihn nicht, weil er zu redselig war, blieb es, von anderen vorgetragen, unverändert sein Metier, und er stand im Mittelpunkt, selbst schon zum Mythos geworden, ein verschmitzt lachender Alter mit einer Baseballmütze auf dem Kopf, der von Zeit zu Zeit ja sagte, anwesend, abwesend, und ununterbrochen zu nicken schien: »Ich wußte am Morgen noch nichts vom Start des Ballons.«

Als er die Zeitungen vom Vor- und Vorvortag durchblätterte, stieß er in den Rubriken ›Vermischte Nachrichten‹ und ›Weltspiegel‹ zum ersten Mal auf entsprechende Meldungen und sah im Sensationenmischmasch aus irgendeinem Grund etwas Besonderes darin, während er aus seinem Zimmer trat und den langen Personaltrakt des Hotels abschritt, wo er seit knapp einem Jahr wohnte, an den leeren Dachkammern vorbei, es war noch nicht Saison, die Treppe hinunterstieg und das Haus verließ. »Ich kam schon in Schwung, wenn ich nur daran dachte, daß ich am Nachmittag mit den Zimmermädchen verabredet war, Felicitas Fiegl und Philomena Valentiner. Sie hießen wirklich so.« Draußen war es kalt. Am Bau nebenan hatten Maurer schon mit dem Verputzen begonnen, saßen oder standen in Blauzeug auf den Gerüsten, im Lärm der Mischmaschinen, und über den Dachstuhl turnten, nur von den Hüften an sichtbar, Dachdecker. Zusehen, eine Zeitlang, war seine Devise, und sich auf und davon machen, wenn man ihn sah. Über die Brücke, am Hotel Post, am Hotel Kleon vorbei, mit ihren BETRIEB GESCHLOSSEN-Schildern und zugeklappten Fensterläden, und als er die angrenzenden Ställe passierte, lief er, und er stürzte atemlos ins Pfarrhaus, ins Klassenzimmer, verwirrt, als er das vielstimmige ›Grüß Gott, Herr Lehrer‹ hörte, abgehackt, Silbe um Silbe, und die vor ihm wartenden Schüler sah: »Grüß Gott.«

Das konnte er in aller Ausführlichkeit erzählen, um, wenn er so weit war, mit der Geschichte zu kommen, die er den Schülern zugemutet hatte, mit immer anderen, immer weiter ausgearbeiteten Versionen: »Der Ballonflug der Herrn Hinz und Kunz.« (»So einen Blödsinn hab' ich von mir gegeben«, sagte er meistens, »so einen Blödsinn«, und gab ihn trotzdem unweigerlich von sich.) »Der Start glückte auf Anhieb, und innerhalb von wenigen Minuten waren sie so hoch gestiegen, daß am Boden alle winzig klein wirkten, nicht mehr voneinander unterscheidbar, oder nur an ihren Dressen, die sie angezogen hatten, weiß ein paar, ein paar schwarz, und gerade noch der sprichwörtliche Ameisenhaufen, Durcheinanderlaufen, Winken, Schwenken von Schals, war es aus ihrem Blickwinkel schon ein Bild annähernder Reglosigkeit. Wenn sie sich abwechselnd über den Rand der Gondel beugten, schlug ihnen Jubel entgegen, laut noch zu hören, während sie höher und höher stiegen, ausgelassen, und als ihre Ausgelassenheit nach und nach umschlug, als zuerst der eine, dann auch der andere blaß wurde und sich unversehens erbrach, war es zu spät, und sie taumelten in ihrem Käfig hin und her, stießen aufeinander, tasteten sich wie Blinde ab, als seien sie erstaunt, nicht allein zu sein, um, auf einmal übermannt, wie U-Haken über die Einfassung geknickt, mit wild rudernden Armen, auch noch das letzte aus sich herauszuwürgen. Dann, von einem Augenblick zum anderen, ging ihre Atmung unruhig, um sich wieder zu beruhigen, wenn sie versuchten, die Luft, das bißchen Luft, das ihnen noch geblieben war, tief einzusaugen, auszustoßen, mit plötzlichen Stillständen. Zuletzt lagen sie sich röchelnd in den Armen, wie Boxer im Clinch, einmal auf der einen, einmal auf der anderen Seite in den Seilen, und es half nichts, natürlich nicht, daß sie sich die Kleider vom Leib rissen und mit aller Kraft den Hals umschlossen.« Das war die Stelle, an der er stets eine vielsagende Pause machte, um sich, wann immer es ging, eine Zigarette anzuzünden, und von Zeit zu Zeit an ihr ziehend, sprach er in einem Ton der Erleuchtung, salbungsvoll, weiter: »Beim Herunterkommen waren sie tot, waren ineinander verschlungen, daß es ihren Angehörigen kaum gelang, sie zu trennen, und ihnen die Augen zu schließen, war eine Prozedur, Augen mit einem Ausdruck unsinnigen Grauens«, so die eine Version, wahrscheinlich gleichbedeutend mit der anderen, »als hätten sie den Herrn geschaut.« »Ich habe mich vor den Schülern nicht so gewählt ausgedrückt«, sagte er zu den aufmerksam lauschenden Touristen, und wenn er sah, daß sie sich geschmeichelt fühlten, setzte er gleich nach, »und wie auch, ich tu' das nur für Sie«, augenzwinkernd, mit Verbeugungen und Knicksen.

Mitten am Vormittag war es, als er das Pfarrhaus wieder verließ und sich auf den Weg zurück machte, pfeifend, die Tonleiter hinauf und herunter, und als er von weitem schon Felicitas und Philomena sah, wie sie einen riesigen Müllkübel aufs Brückengeländer stemmten und über dem Bach auskippten, machte er sich bereit, etwas möglichst Lockeres zu sagen, und sagte im Vorbeigehen nur: »Wir sehen uns später.« »Ich war noch nicht ein durch und durch trainierter Kavalier.« Augenzwinkern. Lippenschürzen. Händeklatschen.

2

Die Gäste hatten sich vollzählig in der Kantine der Ballonfabrik versammelt, und auf der anderen Seite des Fabrikkanals war niemand mehr, als der Direktor sich in sein Büro zurückzog. Er nahm hinter seinem berühmt berüchtigten Ungetüm von Schreibtisch Platz, eigens angeschafft, um ihm die Leute weit genug vom Hals zu halten, Kunden und Belegschaft, und starrte auf die Karten, eine Europakarte und eine Umgebungskarte der Stadt, die er an der Wand gegenüber aufgehängt hatte, um die Flugroute verfolgen zu können. Der Schweiß stand ihm im Nacken, und als in Schüben der Lärm vom Festbuffet an ihn heranschlug, erinnerte er sich an einen Satz aus der Schulzeit, wortwörtlich: »Während der Wiener Kongreß tanzte, griff Napoleon von Elba aus noch einmal nach der Macht.« Oder genauso zwanghaft an ein Schlagwort: ›Untergang der Titanic‹. Stets von neuem ging sein Blick aus dem Fenster, und er versuchte,

Schicht um Schicht die Luft zu durchdringen, bis ihm die Augen weh taten, aber nichts, nicht mehr. Davor schon hatte er nur so getan, als würde er noch etwas sehen, um dazuzugehören, zu den Leuten, die vor Verrücktheit am ganzen Himmel längst Phantome sahen. Als das Telephon klingelte, nahm er abrupt den Hörer ab. Er sagte: »Ja.« Und nach einer Pause: »Ja, Schatz, ja, alles gut.« Dann legte er auf, um mit allen weiteren Anrufern ähnlich umzuspringen, mit dem Bürgermeister, mit einem Herrn Kommerzien- oder Kommerzialrat, mit einem Doktor, einem Doktor Doktor, ja, ja, ja, und sonst nicht viel, und nur einmal ließ er sich hinreißen: »Es ist sensationell.«

Im Hof waren Arbeiter dabei, die Haltetaue aufzurollen, immer zwei und zwei – einer hielt seine Arme weit von sich gestreckt, der andere schwang die Schleifen darum und verknotete sie –, und als sie fertig waren, legten sie die Leintücher zusammen, die man zum Schutz der Ballonhülle auf dem Pflaster ausgebreitet hatte, und trugen alles in die Hauptlagerhalle. Dann kamen sie mit Strohbesen zurück und kehrten den Platz, oder vielmehr, sie taten nur so, gingen unnütz auf und ab und blieben schließlich, auf die Stiele gestützt, in einem Kreis stehen, zündeten sich Zigaretten an und waren schon mitten in einem Gespräch. Ob sie nicht merkten, daß sie beobachtet wurden?

Der Direktor stand auf, öffnete die Tür zum Vorzimmer einen Spalt und sagte zu seiner Sekretärin: »Ich bin nicht mehr zu sprechen.« Als er wieder Platz nahm, war aus seinem Gesicht der angespannte Ausdruck gewichen, und er schien mit sich zufrieden zu sein. Er kramte eine Schnapsflasche unter einem Haufen Ordner hervor, schenkte den Schwenker voll, den er stets in Griffweite hatte, und trank. Das war ein Ritual, und genauso, als er sein Sakko auszog und anfing, die Ärmel seines Hemds aufzukrempeln, wie er es immer tat, wenn er sich anschickte, etwas zu tun. Schließlich schrieb er: »In keinem anderen Land, auch nicht in Amerika, ist in den letzten Jahren auf dem Gebiet der Luftfahrt mehr erreicht worden als in Deutschland, und zu den unbestritten wichtigsten Firmen, denen man das danken muß, gehört die Siegfried Kaltenegger und Söhne AG Augsburg. Das noch im vergangenen Jahrhundert gegründete Unternehmen hat sich rasch Weltgeltung verschafft und beliefert heute viele Militärstaaten mit seinen Produkten, mit Frei- und Fesselballonen, mit ›Zeppelin‹-Hüllen und ganzen ›Zeppelin‹-Ausrüstungen. Mehr und mehr wird uns auch die Werbung ein Anliegen.« Er unterbrach sich. »Werbung.« »Werbung.« »Werbung.« Es war ein Kurzschluß, zu denken, er könnte seine letzten Zweifel zerstreuen, wenn er schon mit der

Jubelbroschüre begann. War es nicht ein Schmuddelgeschäft? Als er das Blatt angeekelt zerknüllte und auf den Boden warf, erschien es ihm so. Er erhob sich und lief, seinen Kopf weit vorgeneigt, mit am Rücken verschränkten Armen unruhig hin und her. Dann, wieder ruhiger, zog er den Band ›Die Geschichte der Aeronautik‹ aus dem Bücherregal und blätterte im Stehen darin, ohne zu merken, daß er währenddessen, eine nach der anderen, die Blumen umknickte, die, ›Aufmerksamkeit seiner Adlaten‹, mitten im Raum auf einem Tischchen standen. In seinem Schädel, Stichwort ›Schulunterricht‹, ging, scheinbar zusammenhanglos, ein einziger Satz um: »Ceterum censeo Carthaginem esse delendam.«

Draußen hatten sich die Arbeiter inzwischen zurückgezogen, waren nach wenigen Minuten auseinandergeeilt und in verschiedenen Gebäuden verschwunden, und aus irgendeinem Grund wirkte der Platz mit seinem schadhaften Pflaster und den zwischen den Pflastersteinen sprießenden Grasbüscheln wie seit langer Zeit schon verlassen. Manchmal, wenn eine Windbö auf ihn herunterfuhr, stieg meterhoch Staub auf und verwischte den Blick auf die Werkshallen – Bewegung, schien es, um die Bewegungslosigkeit noch deutlicher sichtbar zu machen. Sonst war nichts zu sehen, nur – wenn man es sah –, daß die Schatten kürzer wurden. Da mußte es wie eine Erlösung wirken, als auf einmal aus einer Garage ein Wagen hervorschoß und in einem wahren Trommelfeuer von Fehlzündungen durchs Bild holperte, ungebremst auf das Ausgangstor zu, das geschlossen war und im letzten, im allerletzten Moment aufging, auf-, nur um ihn durchzulassen, und gleich wieder zu-, und zwischen Klappe und Klappe, ein paar Sekunden, nicht länger, war es ein Stück Kulisse, ein Stück Frühling.

»Herr Direktor.« »Herr Direktor.« Ohne daß er sie eintreten gehört hatte, stand auf einmal die Sekretärin hinter ihm, drauf und dran, ihn anzustoßen. »Herr Direktor.« Und als er sich umdrehte, mußte sie sonst nichts mehr sagen. Er sah die Leute, die dichtgedrängt in der Tür standen, eine ganze Phalanx war es – ›Phalanx‹, wieder so eine Reminiszenz –, und als sie losschrien, ihn schreiend umringten, suchte er vergeblich nach einem Fluchtweg. »Warum kommen Sie nicht mit uns?« Da stand er schon in ihrer Mitte, eingezwängt zwischen schwitzenden Körpern. Das Ziel war die ›Sternwarte‹, ein sonst unbenutzter Turm am Rand des Fabrikgeländes. Auf seinem Dach hatten Professoren des Akademischen Gymnasiums eine Höhenmeßstation errichtet, und wie er es, vorwärts geschubst und geschoben, mit der Meute betrat, mußte er wirken wie ihr Anführer, und er verbiß es sich zu sagen: »Ich habe nichts damit zu tun.« Beruhigt erst, als er am Fernrohr stand und unter Anleitung eines Studienrats durchsah, auf ein Aquarell, blau, hellblau, von weißen Schlieren zersetzt, weiß, changierend, und dazwischen, darunter, dahinter schimmerte von Zeit zu Zeit der Ballon, durchsichtig, schien es, und angesichts der vorbeiziehenden Wolken in voller Fahrt.

Wir waren mit unserer Arbeit schon so gut wie am Ende und dachten ans Landen, als wir entdeckten, daß sich die Ventilleine verhängt hatte, wahrscheinlich während des Aufstiegs, und so groß die Versuchung auch war, wir versuchten nicht, sie zu ziehen. Denn später, wenn es wider Erwarten gehen sollte, ging es ohnehin, wie der Assistent bemerkte, und der Professor: »Hören Sie mit Ihrer Logik auf, Herr Ingenieur.« So taten sie möglichst ruhig, möglichst ohne an das Malheur zu denken, was noch zu tun war, wieder über die Registriertrommeln gebeugt, wieder vor den Ionisationskammern, und verpackten schließlich die Instrumente in ihren stoßsicheren Hüllen, auf einmal voller Sarkasmus: »Damit der Wissenschaft nur nichts verlorengeht.«

Wir waren über dem Alpenvorland, unter uns

Hügel, einmal halb von Wolken verdeckt, dann wieder, schnell wechselnd, frei, Felder im Sonnenschein, gelb, und das Geschlängel des Flusses. An ihm entlang Dörfer, eines wie das andere, ununterscheidbar, mit einer Kirche, und wie hingewürfelt um sie Häuser. Dagegen die Freiheit alleinstehender Höfe, abstrakt, aber das war es, was man auf den ersten Blick wahrnahm. In der Ferne, näher schon, bekamen die Berge allmählich Konturen, übereinandergetürmt, Zickzacklinien am Horizont, und unmittelbar vor uns sahen wir mehrmals Schwaden von Eisnadeln vorbeiziehen. (»Das Phänomen ist nicht restlos geklärt«, schrieb der Professor ins Bordbuch. »Vielleicht handelt es sich um Reif, der am Ballon entsteht, vielleicht auch um Kondensation der Feuchtigkeit im Balloninneren. Am wahrscheinlichsten aber wirkt auf mich, daß sich um den Ballon ein aufwärts gerichteter Wind entwickelt hat, und damit einhergehend, versteht sich, Abkühlung der Luft und Frieren ihres natürlichen Wassergehalts.«)

Als sie schließlich am Ventilrad drehten, einmal der Professor, einmal der Assistent, schien es zuerst noch blockiert und ging plötzlich durch. Wir sahen uns an und wußten Bescheid. Da war es nur mehr Hohn, wenig später, das durchgescheuerte Ende der Leine vor einem der Bullaugen zu entdecken, hin- und herschwingend, unerreichbar nah. Wie am Himmel aufgehängt, tatsächlich, wie am Himmel aufgehängt. Wenn die Metapher je stimmte, stimmte sie in ihrer Lage, und es gab keinen Anlaß, pathetisch zu sein. Wir konnten aus eigener Kraft, aus eigenem Entschluß nicht mehr landen und mußten warten, daß es kühler wurde und der Ballon von allein sank. »Wenn er überhaupt sinkt.« »Unsinn. Wir werden nicht, noch nicht, Herr Ingenieur, und schon gar nicht aus Angst, von den elementarsten physikalischen Gesetzen Abstand nehmen.« Wir hatten so und so viel Sauerstoff – wir rechneten – und einen Sauerstoffverbrauch von so und so viel, was so und so viele Stunden ergab, Schlußrechnung, Volksschulunterricht, o. k., wenn wir nicht wieder ein Leck hatten, allein das Wort genügte, ›Leck‹, und wir verstummten und lauschten. Dagegen wirkte die Gefahr, aufs Meer abgetrieben zu werden, vergleichsweise klein, zu gering, zu gleichmäßig gering blieb die Drift. Aber an den Haaren herbeigezogen schien es nicht, sich darum zu sorgen, und tatsächlich war es neben der Lage der Ballonfabrik ein Grund gewesen, Augsburg als Startort zu wählen, weil es von dort dreihundert Kilometer zur Adria waren, über vier- zum Golf von Genua und mehr zur Nord-, zur Ostsee und zum Ärmelkanal. Sie mußten es sich aus dem Kopf schlagen, wie geplant gegen

Mittag wieder zurück zu sein, und wahrscheinlich war es das, was ihnen angst machte, daß sie ihr Vertrauen, ihr Durchhaltevermögen, ihr wer weiß was – Worte, Worte, Worte –, daß sie sich selbst eingeteilt hatten, auf nur ein paar Stunden, und nicht mehr wußten, wie es weiterging.

Inzwischen war es in der Kabine heißer und heißer geworden, schließlich unerträglich, mit Temperaturen um vierzig Grad, und die Sonne stand der Aluminiumkugel gegenüber, Aug in Aug, schien es, und machte keine Anstalten, zu steigen. Die Innenwand der Gondel glühte richtig, daß sie achtgeben mußten, sich nicht zu verbrennen, und sie taten überhaupt gut daran, mit ihren Bewegungen möglichst sparsam umzugehen, in der stickigen Luft. Sie waren bemüht, Haltung zu wahren, so lächerlich es schien, und erst als es nicht mehr ging, zogen sie sich aus, oder genauer, es war der Professor, der damit begann, und der Assistent machte ihm alles nach, legte wie er den Mantel ab, lockerte die Krawatte, schlüpfte wie er aus dem Sakko, aus dem Hemd, aus dem Unterhemd, und schließlich strampelten sie sich auch noch von den Schuhen frei, stiegen aus den Hosen und standen in Unterhosen und Socken da, oder nein, sie standen nicht, sie saßen schon schwitzend auf den Seilrollen am Boden – »Quecksilberspritzer« – und sahen sich verlegen, sahen sich mit exakt gerichteten Blicken an, nur nicht da- und da- und dahin schauen. (Im Sommer, wenn mein Turnlehrer- und Reserveoffiziervater es wollte, und er wollte es stets, als Zeichen, daß er, Sohn armer Leute, es zu etwas gebracht hatte, ging's auf Urlaub, zwei oder drei Wochen ans Meer, und wir, Mutter und ich, wurden rekrutiert und saßen mit ihm tagein, tagaus in unserem Strandkorb, respektierlich, neben anderen Respektierlichkeiten, und wenn es ihn von Zeit zu Zeit packte, sprang er auf und rannte über den Sandstreifen zum Wasser, daß ihm die Spaziergänger kopfschüttelnd nachschauten – Herren in weißen Anzügen, Damen mit großen Sonnenhüten und manchmal Schirmen –, wie er, seine Beine wild hochreißend, über die Untiefen setzte, ein Cancan-Tänzer, Crazy Horse, wie er stolperte, stürzte und im Sturz, nach einem Hechtsprung, und noch einem, und noch einem, schon ins Kraulen kam, mit der Gleichmäßigkeit eines Raddampfers, eines Dampferrads, wie er selbst sagte, und am Ende des Akts, er war oft eine volle Stunde aus, stelzte er lachend, keuchend und lachend daher, Brust heraus, Bauch hinein, und es war etwas Militärisches an ihm, auch im Badeanzug, mit seiner Trillerpfeife um den Hals, silbern, zwischen den vor Nässe silbrig glänzenden Brusthaaren. Und gewiß, gewiß – wir versicherten es –, wir hatten ihm immer zugeschaut.) Da saßen sie, auf einmal wie Gestrandete – es war, als würde ihnen mit dem Schweiß Schminke, Spucke, Sperma oder wer weiß was herunterrinnen –, sie wirkten unrasiert, apathisch, mit ihren stieren Augen, und taten eine Zeitlang nichts, als die Wasserflasche hin- und herzuschieben und in großen Schlucken aus ihr zu trinken. »Wenn die Sonne steigt und wir im Schatten des Ballons sind, wird es kühler.«

Durch die Bodenluke, zwischen unseren Beinen, waren nur Wolken zu sehen, Haufen, sich selbst gebärend, schien es, wenigstens gab das am ehesten das Barocke, Schwülstige wieder, das es hatte, ein Grau, nicht aus Schwarz und Weiß, eine Blau-Orange-Mischung, an den Rändern violett. Als es aufriß, standen wir genau über einer Flußgabelung, deren Arme sich, nach und nach sichtbar, voneinander weg-, parallel, aufeinander zustrebend, vereinigten, und die so gebildete Insel wirkte stromlinienförmig. Dann wieder tat sich von einem Rand unseres Sichtkegels zum anderen Wald auf, durchgängig, oder mit kreuz und quer laufenden Schneisen, als wären riesige Mikadostäbe, -stämme hineingefallen.

»Ich habe Buße getan«, las der Professor auf einmal, ansatzlos, nachdem er eine zuammengeknüllte Zeitung aus dem übriggebliebenen Verpackungsmaterial herausgezogen und geglättet hatte, und er wirkte wie das Inbild eines heruntergekommenen Abenteurers, mit seinem an den Ekken verknoteten Taschentuch, das er sich auf den Kopf setzte, ohne sein Lesen zu unterbrechen, während der Assistent die Luft anhielt. »Buße, ein Mensch zu sein, gottähnlich in meinem Unvermögen, und wenn ich mich erinnere, wenn ich die immer gleichen Bilder vor mir sehe, von Mal zu Mal klarer, kann ich nicht an mich halten und verfluche den Herrn, verfluche ihn, wieder mitten in der immer gleichen Situation. Wieder sitze ich dann da, sitze im Schneetreiben über den Sterbenden gebeugt, und wieder ist es sein Zittern, es ist sein Fieber, sein Nervenfieber, das mich selbst am ganzen Leib abbeutelt, und wieder sein Delirium, sein Stammeln, wieder sind es seine Worte, die mich meine im Mund zerstücken lassen, und wieder geht sein Atem rasch, geht rasend schnell und steht schließlich still. Daß ich wieder lausche, mir mein Schnaufen verbeiße und warte, wieder vergeblich, fünf Sekunden, zehn, die wieder fünf mal fünf, zehn mal zehn Sekunden sind. Dann beuge ich wieder seinen Kopf zurück, presse meine Lippen auf seine Lippen und komme erschöpft auf ihm zu liegen, während ich ihn wiederzuerwecken versuche, vollzupumpen mit meinem Leben, mit dem Rest von Leben, der mir noch geblieben ist. Wieder lege ich mein Ohr auf sein Herz, und nichts, wieder nichts, es rührt sich nichts. Wieder meine

Hand auf sein Brustbein, den Handballen, den einen, den anderen darüber, und wieder zähle ich, zähle hinauf und herunter, während ich drücke, mich aufstütze mit meinem Gewicht. Und so immer weiter, Mund zu Mund, Massage, Mund zu Mund, Massage, wieder und wieder. Zuletzt, als ich zu mir komme, ist es wieder sein Geruch, säuerlich vom Schnaps, ist es sein starrer Blick an mir vorbei, und während ich noch auf ihn einschlage, Hieb um Hieb auf seine Brust, weiß ich wieder, daß sein Tod mein Leben ist.« (Ich wußte nicht, wozu das gut sein sollte, zumal in unserer Lage, und wenn ich ihn unwidersprochen lesen ließ, so nur aus Respekt vor seiner Person, und es schien mir ein unzureichender Erklärungsversuch, von Zerstreutheit zu sprechen.)

Dann nahmen wir unsere Lunch-Pakete und aßen, versuchten zu essen, Bissen um Bissen. Wir sahen uns notgedrungen ständig an, wie auf der Lauer, als würde eine falsche Bewegung schon zum Äußersten führen, und wir waren umsichtig genug, von Zeit zu Zeit etwas zu sagen, etwas möglichst Belangloses. »Wir haben nichts zu verlieren.«

Als der Ballon am Verschwinden war, nahmen wir, Berger, Gerber, Demel, Degle, Direktor

Degle, eigentlich Direktorstellvertreter, Diplomingenieur Berger, Oberstleutnant Gerber, Doktor Demel, so oder so, die vier genannten Herren und ich, Zeeh, mein Name, ich war Fahrer, wir nahmen die Verfolgung auf, schnurstracks Richtung Süden. Wir hatten das Fabrikgelände kaum verlassen, als wir schon in einem Pulk von anderen Wagen fuhren, ein paar Dutzend, Familiennarren mit ihren Frauen und Kindern, Reporter, unter ihnen auffällig, natürlich, die Augsburger Zeitung, und Schickeria, Berufssöhne und -töchter der guten Gesellschaft. (Zwischen zwei unglaublichen Stutzern, Schwachköpfen mit Schnauzbärten, war im Fond eines Kabrioletts auch die Schauspielerin zu sehen, die seit ihrem ersten Auftreten vor ein paar Tagen die Stadt in Aufruhr versetzte, ein Ufa-Star, angeblich, anonym, und es war schon ein Bild, wie sie die beiden, die weit ausgebreiteten Arme um ihre Schultern gelegt, in die Polster drückte, scheinbar über ihnen schwebend, mit ihrem im Wind wehenden Haar, wie sie einmal den einen, einmal den anderen anlachte, von oben herab, und wieder wegsah oder mit geschlossenen Augen richtiggehend hin- und hertrieb.) Ich stieg aufs Gas und überholte in ein paar Anläufen die ganze Kolonne, es war ein Zirkus, an dem wir vorbeizogen, und ich kann gar nicht sagen, wie sehr ich es genoß, das Prasseln des Schotters gegen die Bodenplatte zu hören, wie sehr, den Staub aufsteigen und alles auslöschen zu sehen, im Rückspiegel, zwischen den auf einmal ängstlichen Gesichtern, wie sehr, den Geruch der Geschwindigkeit einzuatmen, der von draußen hereinkam. Wir hatten alle abgehängt, als wir zum ersten Mal stehenblieben, um Ausschau zu halten, und während die Herren, an das Wagendach gelehnt, nacheinander durch das Fernglas schauten, klappte ich die Kühlerhaube auf und machte mich am Motor zu schaffen oder gab es wenigstens vor. Ich zündete mir eine meiner Zigarren an, aus plötzlichem Schabernack, und versuchte, trotz der heruntergekurbelten Fenster alles vollzunebeln, als sie wieder einstiegen und wie auf Kommando ihre Sonnenbrillen aufsetzten, was ihnen immerhin etwas Verwegenes gab, es wirkte wie eine Verkleidung, mit ihren Hüten und Anzügen. (Auch der Oberstleutnant war in Zivil.)

In Landsberg machten wir halt, und während Demel und Degle zum Postamt gingen, der eine, um sein Blatt anzurufen, die Neue Zürcher Zeitung, der andere die Ballonfabrik, warteten Berger, Gerber und ich vor dem Rathaus und sahen den Passanten zu, wie sie uns zusahen, sie verhohlen, wir unverhohlen, und wenn ganz Neugierige sich heranwagten, waren Berger und Gerber in ihrem Element. Dann standen sie da, überboten sich gegenseitig und wußten mit wiederkehrenden Wendungen wie ›in meteorologischer Hinsicht‹, ›vom militärischen Standpunkt‹ wiederkehrende Fragen hervorzubringen: »Sind Sie Meteorologe?« »Und Sie, Sie sind vom Militär?« Ich saß auf dem Trittbrett des Wagens und hörte amüsiert zu, wie sie ihre Geschichten erzählten, mit geradezu schamloser Bescheidenheit, der eine schweizerisch, schweizerischer ging's nicht, mit einer Sprache, als würde er Wort um Wort ertränken und, ohne es auszuwringen, klitschnaß über die Trommelfelle ziehen, zu allem Überfluß mit französischen Einsprengseln, während der andere sich nicht entscheiden konnte, ob er möglichst zackig sein sollte oder umgänglich, in einem auftrumpfenden Wir-sind-auch-Menschen-Stil. Es war ein Haufen, der sich nach und nach um sie scharte, und sie lösten ihn erst auf, als die anderen zurückkamen, mit einer verwirrenden Nachricht: »Im ganzen Landkreis gibt es Leute, die den Ballon aus allernächster Nähe sehen, während er gerade über uns schwebt.«

Dann war eine Zeitlang nichts zu tun. Wir setzten uns neben dem Wagen auf die Bordsteinkante, packten unseren Proviant aus und aßen, und wir tranken Bier aus der Flasche, was allein schon Grund genug war, daß uns niemand mehr zu nahe kam. Ich saß in der Mitte und schaute einmal zur einen, einmal zur anderen Seite, wo die Herren, zwei und zwei, ein wenig steif, mit ihrer Lage nicht zurechtzukommen schienen, wie Ministranten, als sie nacheinander die Sakkos auszogen, in weißen, bauschigen Hemden, Unschulds-, Engelskleidern, und augenblicklich, wer weiß warum, stellten sich mir Bilder von um und um versorgten Schwerenötern ein. Darin schienen sie einander gleich zu sein, und es war eine Zeitlang vergessen – wenn man sie so sah –, daß der eine geradezu zwanghaft den Intellektuellen mimen mußte, während die anderen mehr auf Hemdsärmeligkeit gaben. Der eine so sehr, mit seiner wie dazu geschaffenen Körperfülle, daß er eine Präsenz hatte, die kaum auszuhalten war, auch wenn er wenig sagte, meistens überhaupt nichts, und wenn, immer hinterrücks, mit einer schlagenden Logik, Unlogik – ›Bauernschläue‹. Während die anderen durch ihre Arbeit im Freien, ›wind-‹ und ›wettergegerbt‹, etwas regelrecht Bäuerisches hatten, der eine durch und durch, der andere übertüncht. Aber in der Haltung, die sie zum Ereignis einnahmen – ›Ereignis‹ war ihr Sprachgebrauch –, unterschieden sie sich sehr. Während Demel es ›wohlwollend, mit aller gebotenen Skepsis‹ sah, ließ Degle keinen Zweifel, es war eine Schnapsidee, nur, wenn's schon nichts hilft, schadet's auch nicht viel, und Berger ging nicht von seiner immer gleichen Wendung ab, ›wissenschaftlicher Wert‹, während Gerber sich kryptisch zurückhielt: »Ich weiß, was ich weiß.« Mehr als Stammtischgerede kam nicht zustande, ein mühsames Hin und Her mit scheinphilosophischen Exkursen, unpassend schwarz in der Sonne, solange sie noch schien. (»Da lebt man tagein, tagaus so vor sich hin, und auf einmal, über Nacht, packt's einen, und man tut, was man nicht lassen kann, und meinetwegen, nennen Sie das Unternehmen ruhig Auswuchs einer Midlife-crisis.«) Wenn einer sprach, nickten die anderen von Zeit zu Zeit, auch wenn sie nach allem, was man wissen konnte, nicht seiner Meinung waren. »Ich wundere mich am meisten, wie die da oben mit der Stille zurechtkommen, und wer weiß, vielleicht ist's die größte Schwierigkeit des ganzen Flugs, nicht verrückt zu werden.«

Bevor wir es merkten, waren Wolken aufgezogen, und wir starteten wieder, als es uns gelungen war, die Drift des einmal sichtbaren, einmal unsichtbaren Ballons zu ermitteln. Außerhalb der Stadt verloren wir ihn aus den Augen, und wir mußten uns auf unser Gespür verlassen, oder vielmehr, sie, sie mußten sich auf ihr Gespür verlassen, während ich nur tat, was mir aufgetragen wurde – solange es ging, solange sie sich einigen konnten, und wehe, wenn nicht. Dann war es die Regel, daß wir an Kreuzungen stehenblieben, und im schlimmsten Fall entspann sich ein Streit, und wenn ich das Zünglein an der Waage spielen sollte, wie sie sagten, weigerte ich mich schon aus Prinzip, bis es vorkam, daß sie Münzen warfen, Kopf oder Zahl. Ich sah ihnen am Steuer sitzend zu, wie sie von Zeit zu Zeit aus dem stehenden Wagen sprangen, sich im Gras am Straßenrand auf den Bauch legten, ihre Visierstöckchen hinpflockten und den Himmel absuchten, als erwarteten sie eine Erscheinung, und wenn sie zurückkamen, klopften sie ihre Hemden und Hosen ab und stiegen achselzuckend wieder ein. Da hatten sie schon die Ärmel aufgekrempelt, die Krawatten gelockert, die Hüte abgelegt oder in den Nacken geschoben, und sie gaben sich überhaupt den Anschein, Schwerarbeit zu leisten. Wenn sie nacheinander aus dem Heckfenster schauten, wischten sie sich anschließend mit großen Taschentüchern Schweiß von der Stirn, und sie rutschten unruhig hin und her oder hingen apathisch in ihren Sitzen. Es kam vor, daß die hinten, zusammengequetscht, auch wenn mehr als genug Platz war, richtiggehend aufeinander saßen, während der vorne residierte und den Ton angab, wenigstens sprach er am meisten. Dann wieder nahmen sie die Straßenkarte aus ihrem gemeinsamen ›Einsatzkoffer‹ und studierten ausgiebig die Route, oder sie gaben Tips auf den Ort der Landung ab, wetteten und setzten ein paar

Groschen. Alles in allem schien die Betriebsamkeit, die sie entwickelten, nichts mit dem Zweck der Fahrt zu tun zu haben, oder nur vordergründig etwas, und was sie taten, so gut es ging, gemeinsam taten, weckte mehr und mehr den Eindruck, nachgestellt zu sein.

Als wir von einer Anhöhe den Ballon wieder entdeckten, in einem Loch der an manchen Stellen zerrissenen Wolkendecke, war es in der Nähe einer anderen Stadt, Kaufbeuren hieß das Kaff, und während ich mich als Zuschauer ins Gras setzte, inszenierten die Herren einen regelrechten Freudentanz, um so mehr, als wir im selben Augenblick in der Ferne den schon verloren geglaubten Konvoi der anderen Verfolgerwagen sahen, wie er, einen Staubschweif hinter sich herziehend, zunächst zügig auf uns zukam, stehenblieb, schließlich im rechten Winkel abdrehte und nach und nach verschwand. Und es war reine Schadenfreude: »Richtung Memmingen, Richtung Memmingen, verkehrter geht's gar nicht.«

»Wir haben uns gleich gedacht, daß es etwas Besonderes ist, als wir es groß in den Zeitungen sahen«, sagten Felicitas und Philomena später übereinstimmend zu den Reportern, die in Horden ins Dorf gekommen waren und sie stets von neuem drängten zu erzählen. Standen sie zuerst noch schüchtern da, gewannen sie mit ihrer plötzlichen Wichtigkeit mehr und mehr an Selbstvertrauen und posierten schließlich vor den Photographen. Sie sprachen abwechselnd, verbesserten sich, und wenn es ihnen gelang, einen nach dem anderen einzuwickeln, strahlten sie vor Genugtuung.

In Wirklichkeit setzten sie sich im Zimmer des Lehrers, das sie von Zeit zu Zeit putzten, zuerst auf den Boden, eng nebeneinander, die Beine ausgestreckt, zündeten sich Zigaretten an und rauchten, mit einem Getue, als sei es eine Heimlichkeit, und sie schlossen die Augen wie vor einem Kuß, wenn sie angestrengt zogen, und machten sie nur zögernd wieder auf, mit einem entgeisterten Zwinkern und Zucken. Dann sammelten sie die überall herumliegenden Zeitungsteile zusammen, ohne auch nur einen Blick hineinzuwerfen, es war keine Rede von lesen, und warfen sie zerknüllt in den Mülleimer. »Wir gingen ganz darin auf, und es gelang uns nicht mehr, über etwas anderes zu reden, oder wenn, schwenkten wir augenblicklich wieder um, und schließlich kam es so weit, daß wir uns gegenseitig bremsen mußten.« Sie wischten Staub, klopften den Teppich aus, kehrten den Boden und gingen nach und nach dazu über, im Kasten und in den Schubladen des Schreibtischs herumzuwühlen, und alles mögliche kam zutage, unter anderem ein Halblitertintenfaß, Bergkristallsplitter und ein zusammengeschnürter Packen mit Briefen, von ihnen spöttisch goutiert. Sie nahmen Bücher aus dem Regal und stellten sie, ohne darin zu blättern, wieder zurück, zerstreut, zum Zeitvertreib. Es ging gegen Mittag, als sie sich zuletzt über das Bett hermachten, ihre Köpfe hineinsteckten und daran rochen, bevor sie es ausbreiteten, glätteten und umschlugen, mit der größten Ruhe, und sie kamen immer mehr in Verzug. »Wir gingen nicht ins Zimmer des Lehrers, setzten uns auf die Treppe vor dem Personaltrakt und schwebten mit unseren Gedanken wieder über den Wolken.«

(»Später, in der Waschküche im Keller, waren es vor allem Fliegergeschichten.«) Später, in der Waschküche im Keller, als sie die Hähne aufdrehten und Wasser in die großen Steinwannen prasseln ließen, schauten sie eine Zeitlang nur zu, eingehüllt vom aufsteigenden Dampf, bevor sie ganze Wäscheberge hineinkippten und durch den zuvor noch mit Seife versetzten, mehr und mehr sich verfärbenden Sud zogen, schließlich Stück um Stück über Waschbretter rieben, auswrangen und in die bereitgestellten Schaffe warfen, ihre Gesichter vor Anstrengung gerötet, und sie hatten Schürze und Bluse ausgezogen und standen, die Arme nackt, in Unterleibchen da, schwer atmend, nur mit den nötigsten Bewegungen, so sehr in ihre

Arbeit vertieft, daß sie nichts anderes mehr sahen, auch die Kinder nicht, die dicht an dicht am Fenster in Kopfhöhe über ihnen knieten und durch die beschlagenen Scheiben spähten. Da war eine Kleinigkeit schon genug, eine Anspielung auf eine Liebelei mit dem Lehrer, hin- und hergeschoben, und es ging durcheinander, nein, nein, nein, um Gottes willen, und nach einer Pause sagte es zuerst die eine, dann die andere noch einmal, nein, eine Lüge, oder wenigstens glaubten sie voneinander, daß sie logen, und waren sich ihrer eigenen Glaubwürdigkeit nicht sicher. »Nein, natürlich nicht, wir gingen nicht so weit, uns Hals über Kopf in den Assistenten zu verschauen, nur wegen einer Photographie, oder wer weiß warum, und der Professor, Sie können sagen, was Sie wollen, ist von vornherein zu alt.« (Es war der Vertreter eines namentlich nicht nennenswerten Klatschblatts, ein schmieriger Kerl, der sie mit Halb- und Dreiviertelanzüglichkeiten mehr und mehr auf Linie brachte, Herz und Schmerz, und ungeniert zusah, wie sie in seine Fallen stolperten, und wenn sie von Zeit zu Zeit einen Rückzieher machten, nickte er nur und nahm es nicht zur Kenntnis. »Im ganzen Land waren es vor allem die Frauen«, schrieb er später, »die den Flug von Anfang an begleiteten, mit Leib und Seele, und nicht nur ein paar, Hunderte, Tausende, Hunderttausende wünschten sich, die großen Männer von Angesicht zu Angesicht zu sehen, oder kecker, einen Abend mit ihnen zu verbringen, oder sie träumten gar, Glokkenläuten, von einem Leben an ihrer Seite.«)

Als sie die Wäsche ins Freie trugen und nach einer weiteren Zigarettenpause begannen, sie aufzuhängen, war am Bau nebenan niemand zu sehen. Die Arbeiter saßen entweder auf dem Dach in der Sonne, wie sie es auch sonst manchmal taten, oder sie waren schon zum Mittagessen gegangen. »Wir setzten uns zu den Maurern auf das unterste Brett eines Gerüsts, und während wir ihnen zusahen, wie sie ein Kartenspiel hervorzauberten und mit ein paar Stichen in aller Eile eine Kiste Bier ausspielten, warteten wir, mit unserer Begeisterung zum Zug zu kommen, wir Träumer.« Während sie noch die letzten Stücke festkluppten, schlugen die Kirchenglocken, und sie zögerten, als wollten sie alles liegen und stehen lassen, und machten erst nach einer Unterbrechung weiter. »Wir müssen verrückt sein.« (»Die Schönen auf unseren Photos, Felicitas Fiegl und Philomena Valentiner, sind deutsche Mädchen, wie sie vor allem in Österreich, und gerade in den Bergen aufwachsen, Blondinen, groß, rotbackig, mit kräftigen Körpern, gesund und natürlich, und es ist neben einer Vielzahl äußerer Vorzüge ihr sonniges Gemüt, das einen wieder und wieder in Entzücken versetzt und im Kopf eiertanzen, sackhüpfen und radschlagen läßt.«)

3

In seinem Büro zurück, nahm der Direktor einen neuen Anlauf: »Sehr geehrte Damen und Herren, erlauben Sie mir, möglichst nüchtern mit einer technischen Beschreibung unseres Aerostaten zu beginnen.« Sichtlich zufrieden las er sich den Satz laut vor, schloß die Augen und verkostete ihn auf der Zunge, ehe er fortfuhr: »Bei einem Durchmesser von 30 m hat der Ballon im voll aufgeblähten Zustand über 14000 cbm Inhalt und ist in seiner Größe mit den sonstigen, etwa in der Sportfliegerei verwendeten 2000er-Ballonen nicht oder nur schwer vergleichbar, vergleichbar hingegen in den meisten seiner Details – Stichworte müssen genug sein, ›Ventil‹ und ›Reißbahn‹ mit ihren zugehörigen Leinen, ›Füllansatz‹, ›Pöschelring‹ –, abgesehen von ihrer Anordnung und vom Material. Denn die Hülle ist nicht aus dem üblichen, schräg doublierten Stoff mit Zwischengummierung, sondern, um Gewicht zu sparen, und weil sich nur geringe Belastungen ergeben, aus einfachem Baumwollgewebe, einseitig gummiert, 90 g pro qm, im unteren Viertel sogar weniger. Dort ist der Gurt angebracht, von dem die Auslaufleinen ausgehen, zweiunddreißig, mit zwei Reihen Gänsefüßen, und sie münden in einen gewöhnlichen Korbring, an dem nicht ein Korb, natürlich nicht, sondern eine Kugel aus Aluminiumblech von 3 1/2 mm Stärke hängt, 2 m, knapp über 2 m hoch, mit zwei ›Mannlöchern‹ und Bullaugen, acht, mit 8 cm lichter Weite.« Da war seine Zufriedenheit schon wieder vorbei, und er sparte sich die Aufzählung der Instrumente im Inneren der Gondel und erstickte noch den letzten Funken Euphorie mit ein paar trockenen Worten: »Das Gesamtgewicht, einschließlich Besatzung und allem Drum und Dran, beträgt 2200 kg.« Dann stand er auf und trat entschlossen in das Kabinett, wie er den Raum hinter seinem Büro nannte, wo er sich vor dem Wandspiegel mit einem naß gemachten Kamm penibel die durcheinander geratenen Haarsträhnen über den kahlen Schädel zog, von einem Ohr zum anderen, sie arrangierte, ohne sich, ohne sie zu berühren, schien es, Akt einer Beschwörung, und zuletzt zerraufte er sie, zerraufte sie wieder und wieder, und als er herauskam, war ihm, er wußte es, auch im Gesicht etwas verrutscht. Er nahm Platz und schrieb: »Zum Start wurde der Ballon nur zu zirka einem Sechstel seines Fassungsvermögens gefüllt, exakt mit 2600 cbm Wasserstoff, dessen Tragfähigkeit, 0° C vorausgesetzt, 1,15 kg pro cbm war, und nach allen Berechnungen mußte die anvisierte Höhe von 16000 m mit Bestimmtheit zu erreichen sein, um so mehr, als die niederen Temperaturen in der Stratosphäre und die Erwärmung des Gases in der Sonne zusätzlichen Auftrieb erzeugten.« Das war genug. Das war die Stelle, dachte er, wo alle aufhören würden zu lesen, angenommen, es gab überhaupt Leser, und solche Schriften hatten eine andere Bedeutung, als an die Belegschaft ausgeteilt zu werden, die sie nicht einmal ansah, oder in Abstellkammern zu verstauben, oder man drückte sie später mit größtmöglicher Beiläufigkeit seinen Kunden in die Hände – »Vielleicht interessiert es Sie« –, und nichts, natürlich interessierte es sie nicht: »Natürlich interessiert es mich.«

Als das Telephon klingelte, ließ er es ein paarmal klingeln und wußte, als er abhob, wer es war, und entsprechend klang sein ›ja, Schatz, ja, alles gut‹, und während des ganzen Monologs, der dann kam, hielt er den Hörer weit vom Ohr, als müsse er sich wer weiß was beweisen, unterbrochen nur, wenn er von Zeit zu Zeit einen seiner Zisch- oder Stöhnlaute in die Sprechmuschel stieß, Zustimmung, Ablehnung, und wenn er sich vergriff, war es ein eiliges ›nein, ich meine ja‹ oder ›ja, ich meine nein‹ und sein übliches Säuseln. Wenn er zu nah an die Hörmuschel kam, zuckte er zurück, mit einem Blick, hypnotisiert, hypnotisierend, wenigstens tat er so, und näherte sich zum nächsten ›mh-h‹ oder ›nh-nh‹ nur zögernd an. Es war, als ob er Zuschauer hätte, Stammtischpublikum, dessen Applaus ihn von einer Pointe zur anderen trug, daß er alle Anstrengungen zu verdoppeln schien, auch wenn es längst nicht mehr ging, und er hatte schon aufgelegt, als er seinen ersten Satz sagte: »Wir müssen über alles noch reden.«

Draußen lief vor den Werkshallen ein Herr in Anzug umher, und als er sich um sich drehte und, von einem Punkt ausgehend, immer weitere Spiralen zog, zuerst, im Zentrum, gebückt, mehr und mehr aufrecht, schien er etwas zu suchen, und zuletzt ließ er sich auf seine Knie nieder und tastete mit Händen und Füßen das Pflaster ab. Bevor er wieder verschwand, richtete er seinen Blick auf die Fenster des Bürogebäudes und winkte, ob er jemanden sah oder nicht, wie um zu zeigen, daß er ›trotz allem‹ normal war. Im Wind, auf einmal, stieg ein von irgendwo, wahrscheinlich von der anderen Seite des Fabrikkanals herangewehtes Zeitungsblatt hoch, weit ausgebreitet, und schwebte im üblichen Pagodenzickzack wieder herab, ehe es, so gut wie am Boden, seinen Halt verlor. Darüber schob sich am Himmel ein Vogelschwarm von einem Bildrand zum anderen, immer wieder seine Flugrichtung ändernd, einmal eine Raute aus pulsierenden Knäueln, einmal unsichtbar, wie verschwunden, und als er vorbei war, kam mit einem Ruck, schien es, alles zum Stillstand. Die Sonne stand im Zenit.

In einem Akt angestrengter Lässigkeit hatte der Direktor seine Beine auf den Schreibtisch vor sich gelegt und saß da und schaute, ohne seinem Zwang nachzugeben, Zusammenhänge zu sehen, und auf einmal packte es ihn, vielleicht ging es so, vielleicht mit einer Situationsbeschreibung, möglichst poetisch. Das dachte er. Doch ehe er den ersten Satz zuwege brachte, etwas über die in voller Blüte stehenden Wiesen auf der anderen Seite des Fabrikkanals, mußte er lachen, über sich, und darüber, was die Sprache alles zuließ, wenn man nur nachlässig oder konzentriert genug mit ihr umging, und es war wie um weitere Extravaganzen zu vermeiden, als er die Sekretärin zu sich kommen hieß und an die Karten trat. Dann, während sie ihm vorlas, wann und wo der Ballon gesichtet worden war, und in welcher Richtung, wenigstens gab es Anrufer, die es beschworen – »Landsberg, elf Uhr zehn, Süd, Bad Wörishofen, elf Uhr zwanzig, Südost, Kaufbeuren, elf Uhr vierzig, Ostsüdost« –, wiederholte er die Angaben und markierte die Orte mit Stecknadeln, rot, wenn er glaubte, es war etwas dran, schwarz, wenn er Hirngespinste darin sah. Als er alle Markierungen hatte, zog er mit dem Zeigefinger Verbindungslinien zwischen ihnen und schloß sie willkürlich zu Kreisen oder verlängerte sie über ihre Begrenzungen hinaus. »Der Professor hat sich ganz schön verschätzt mit seiner Prognose, zwischen Basel und Zürich zu landen.«

»Kennen Sie ›Il Decamerone‹?« Kaum hatte er es ausgesprochen, genauso, mit dem italienischen Artikel, was allein schon verdächtig, anrüchig war, begann der Professor zu erzählen und unterbrach sich nur, um von Zeit zu Zeit mit einem Blick seine Wirkung zu testen, und keine Frage, daß es die gab, wenn der Assistent nicht wußte, wohin schauen oder was sagen, oder glaubte, allen Enthüllungen etwas entgegensetzen zu müssen, wenn es Enthüllungen waren. (Ich wußte natürlich, daß manche Leute in Extremsituationen tratschsüchtig werden, aber so etwas, nein, so etwas.) Das Motto war: »Ich gebe die Geschichte einer Besessenheit zum besten, Herr Ingenieur, und es bleibt Ihnen überlassen, wo Sie die Grenze zwischen Phantasie und Wirklichkeit ziehen, und wenn es nicht anders geht, springen Sie ruhig hin und her.«

Wir saßen uns Aug in Aug gegenüber, in Unterhosen und Socken – wir konnten es später nicht oft genug sagen –, und es hieß Ruhe bewahren, als wir sahen, daß sich an unserer Lage nichts zu ändern schien. Denn die Sonne war zwar gestiegen, und ein Teil der Kabine lag schon im Schatten, aber es kühlte nicht ab. Dazu kam, daß der Barometerstand anzog, gleich um ein paar Millimeter, und wir uns Hoffnungen machten zu sinken, um so mehr enttäuscht, als er sich wieder einpendelte und die Quecksilbersäulen wie aus Gußeisen in ihren Rohren standen, unumstößlich, schien es.

»Meine Frau war zum letzten Mal schwanger, als ich mich mit einer Sekretärin unseres Instituts einließ, wie der üblichste aller üblichen Trottel.«
»Es begann mit den üblichen Ausreden, üblicher ging's nicht, Ausreden, die allein schon, man mußte nicht übertrieben hellhörig sein, die Form eines Geständnisses hatten, und wenn ich manchmal erst am Morgen nach Hause kam, schlich ich wie ein Schwerverbrecher ins Schlafzimmer, und es gelang mir immer, den Wecker um ein paar Stunden zurückzustellen, ehe sie wach wurde oder so tat, als würde sie wach, und wissen wollte, wie spät, auch wenn sie's wahrscheinlich längst wußte, wahrscheinlich wach gelegen war, und wenn ich, ohne Licht zu machen, zu ihr ins Bett kroch, drängte sie sich zu mir und umschloß mich mit Armen und Beinen, daß ich ihre Brüste und ihren Bauch an meinem Rücken spürte, und ihr Trick

war, nichts zu sagen, mich allein zu lassen mit meiner Schuld.« »Ich nahm an allen möglichen und unmöglichen Kongressen teil, nur um aus der Stadt zu kommen, und wenn sie mich mit den Kindern zum Bahnhof brachte, war das ihre einzige Anklage, und natürlich ahnte sie, mußte sie ahnen, daß die andere irgendwo wartete oder vielleicht schon im Zug saß.« »Sie ließ mich nichts spüren, und das war ihre Methode, es mich spüren zu lassen.« In seiner Art, zu sprechen, lag etwas Abschließendes, und als er sich immer weiter vorwagte, mehr und mehr aus sich heraus, wurde mir mulmig, und ich dachte augenblicklich, wir sind verloren, er weiß es, sonst würde er sich hüten, und seine Zuversicht war nur gespielt, um es mir leichter zu machen. Satz um Satz schien es sicherer, daß wir nicht genug Sauerstoff hatten, Satz um Satz, daß wir in der Hitze verschmorten, daß wir abstürzten oder in der Luft blieben, Satz um Satz, daß es aus war. Ich wollte ihn stoppen, zögernd, und wurde in meinem Zögern gepackt und mitgerissen von seiner Kompromißlosigkeit, um so mehr, als er sich auf einmal richtig verstieg: »Wir vergessen uns, wenn wir vergessen, daß es nicht einzigartig ist«, er sagte nicht, was, »daß es nichts dazu braucht als irgendeinen Mann und irgendeine Frau und ein Mindestmaß an Geschick, oder nicht einmal das.« »Reden wir von Liebe, reden wir von Kitsch, und wenn wir es trotzdem tun, so nur, um schneller unsere Ziele zu erreichen, oder in Augenblicken plötzlicher Kopflosigkeit.« »Zuletzt zerrinnt ohnehin alles zu Mitleid, Mitleid mit dem anderen, Mitleid mit dem Menschen, weil er ein Mensch ist, Selbstmitleid.« Es waren nur Phrasen, aber es schien, als ob er sie brauchte, um von ihnen ausgehend wieder in Schwung zu kommen. Dabei veränderte sich sein Ton, und er präsentierte noch die plattesten Aphorismen wie Naturgesetze, ohne Leidenschaft, daß ihn die Leidenschaft, mit der er dann wieder auftrat, Lügen strafte, und tatsächlich, als er den Namen der Geliebten sagte, platzten Tränen der Rührung in seine Augen, und auf einmal sah ich ihn ohne Scheu an, und was zu sehen war, stand im Widerspruch zu allem, was er von sich gab, angefangen mit den nassen Kringeln unter dem längst auch schon nassen Taschentuch, eng an seinem Kopf anliegend, über die vorgeklappten Schultern mit ihren Knorpel- oder Knochenhöckern, über die schütter behaarte Konkavbrust und den in der Kauerstellung in Wülsten liegenden Bauch, sonst, in anderen Stellungen, waren es Striemen, schweißverschmiert, und die Unterhose wirkte wie aus der Sammlung einer richtigen 1 Zentner-Witwe, daß die Spindelbeine das Bild nur noch vervollständigten, zusammen mit den wer weiß wie oft gestopften Socken. »Wir nahmen in Amsterdam eine Wohnung, im Haus eines Industriellen, der sich zu seinem Vergnügen gegen Kost und Logis ein ganzes Rudel Studenten in mehr oder weniger luxuriösen Kammern hielt, ›Stipendiaten‹ war sein Wort, und wer weiß, warum er uns den Vorzug gab, warum er uns das Dachgeschoß ließ, als Kontrapunkt, wir wollten es nicht wissen, und wenn wir zwei und zwei, immer zwei und zwei auf der Treppe trafen, einer Spiegelbild des anderen, mit ihren Haartollen und Kurzhaarschnitten, mit ihren Schminkgesichtern, Cowboys oder Dandys, oder wenn wir den Alten nachts umherschwirren sahen, einmal da, einmal dort unterkriechen, waren wir angesteckt, im wahrsten Sinn in Flammen.« Bestrebt, so viel wie möglich in einen einzigen Satz zu packen, gingen ihm die Worte aus, und er wurde vage – »Sondrine machte alles und ließ alles mit sich machen, alles, alles, alles« –, und als er mich ansah, war mir klar, er sah mich nicht, in seinem mühsamen Ringen, in der Vertracktheit seiner Details. (Grund genug, mich an den stadtbekannten Säufer zu erinnern, vor dem mich mein Turnlehrer- und Reserveoffiziervater stets auf die gegenüberliegende Straßenseite stieß, wenn er irgendwo auftauchte, während ich im Abstand von ein paar Schritten hinter ihm herlief, wenn ich allein war und er sich in der Nähe unseres Hauses herumtrieb, und von ihm bekam ich meine erste Uhr, kaputt, aber wenn man sie schüttelte oder mit den Fingern gegen ihr Gehäuse schlug, verschoben sich die Zeiger, und man hatte einmal die, einmal die Zeit. Immer wieder kam es vor, daß er eine Weile verschwand, und dann hieß es, er war auf Entzug, er, der Kessel- oder Pfannenflicker, wie er genannt wurde, oder Tosser, mit seinem Namen, und wenn er wieder erschien, von einem Tag auf den anderen, waren es seine Geschichten, die manchmal Scharen von Leuten um einen Tisch versammelten, und meistens ergab es sich, daß er zum ersten Mal rückfällig wurde, wenn er unter Applaus seine ›amourösen Anekdoten‹ erzählte, die man in der Stadt noch weitererzählte, als er lange schon tot war. Daß es von da an zu den Apokryphen, zur ungeschriebenen Chronik gehörte – ›Tossers Delirien‹ –, wie er es mit den Schwestern der Anstalt trieb, mochte er noch so heruntergekommen sein, und der Höhepunkt war immer, wie er von seinem Bett aus zusah, wie sich eine über seinen an Dutzenden von Kabeln und Schläuchen hängenden Nachbarn beugte, und es ging im O-Ton weiter, Slapstick, um Peinlichkeiten möglichst zu vermeiden, in einmal mehr, einmal weniger gelungenen Imitationen seiner schrillen Stimme, oder es war nur eine Parodie, ein Skandal in einem Faschingsblatt: »Ich sah zu, wie sie ihn abdeckte und mir nichts, dir nichts sein Glied nahm, wie sie es leckte, wie sie es sich in den Mund steckte, als die Eichel zwischen den Schrumpeln der Vorhaut heraussprang, rotviolett, zitternd, und sie sog und saugte daran, schien es schlucken zu wollen, und als sie es wieder herauszog, glänzte es von ihrer Spucke, und sie setzte sich, ohne ihren Schlüpfer auszuziehen, unter ihren Röcken drauf, ansatzlos, mit langsamen, kaum merklichen Bewegungen, von Schauern geschüttelt, und als es richtig losging, war es wie der Ritt eines Rodeoreiters, mit den unglaublichsten Biegungen und Brechungen, als sei ihre Wirbelsäule elastisch, oder als habe sie keine, wie sie die eine Hand zwischen ihren Beinen hatte, während sie mit der anderen ihr Haar am Kopf zusammenhielt oder über ihm Zeichen in die Luft schrieb, SOS einer Ertrinkenden, alles, versteht sich, mit geschlossenen Augen und in vollkommener Lautlosigkeit, und schließlich, als sie unter wilden Zukkungen über dem Halbtoten zusammenbrach, entrang sich ihr ein Laut, ein langgezogenes Seufzen, mehrmals ein- und ausgeatmet.«)

»Wollen Sie den Fortgang der Handlung hören?« Auf einmal sah er mich vielsagend an, und statt weiterzuerzählen, nahm er wieder die Zeitung zur Hand und las mit der größten Selbstverständlichkeit. Es war nicht der Fortgang der

Handlung, offensichtlich nicht, es war ihre Vorgeschichte: »Auf den ersten Schnee stießen sie, als sie die letzten Höfe erreichten, und es wurde ihnen trotz ihrer sommerlichen Kleidung nicht bange, wußten sie doch aus Erfahrung, daß die schlimmsten Wächten im allgemeinen kaum über die Gebirgsscheide hinausgingen. Sie machten sich nach kurzer Rast wieder auf den Weg, um die Stunde einzuholen, die der Kurat mit dem Messelesen am Morgen verplempert hatte, gegen die Ahnung, gegen das, was er später die Ahnung des Führers nannte, der noch in der Sakristei der Kapelle hin- und hergezappelt war und, stets von neuem auf die Uhr schauend, mit einer Handvoll Bauern das Spektakel verfolgt hatte, um mit dem letzten Amen aufzuspringen. Sie gingen schweigend nebeneinander, genauso, wie sie mehr als eine Woche lang nebeneinander gegangen waren, auf Kur, um sich von den Strapazen des Sommers zu erholen, mit derselben Leichtigkeit, auch wenn der Weg immer steiler wurde und ihnen auf einmal ein kalter Wind entgegenschlug. Der Himmel war wolkenbedeckt, und wenn sie zurückschauten und den Verlauf ihrer Spur absuchten, verschwand sie nicht weit hinter ihnen im Zwielicht, daß sie sich eilig wieder umwandten und weiterschritten, um das vage Gefühl, ausgesetzt zu sein, gar nicht erst aufkommen zu lassen, Punkte, winzig klein, in der schon sprichwörtlich unendlichen Weite.« »Der eine Anfang, der andere Ende dreißig, schienen sie gleich alt zu sein, auf den ersten Blick ihre einzige Gemeinsamkeit, abgesehen vielleicht von einer Haltung, die man im einen Fall Naivität, im anderen Gottvertrauen nennen mochte, und während der eine groß und schlank war, mit seinem riesigen, an den Enden aufgezwirbelten Schnurrbart eine Erscheinung, ein Mann, der, wenn er stehenblieb, zu posieren schien, als sei er in voller Montur, als sei er im Anzug, mit Eispickel und Seil, einen Hut in der Hand, war der andere nicht allzu groß, weniger schlank, als würde seine Schlankheit von einem Korsett herrühren, und in seinem Gesicht war etwas Blasiertes, etwas lehrerhaft Strenges, wie er hinter der Nickelbrille hervorsah.« »Seit ein paar Stunden erst war es, daß sie sich duzten, daß sie sich mit ihren Vornamen ansprachen, was immer so klang, als würden sie ›Lieber‹ oder ›mein Lieber‹ dazusagen, eigenartig distanziert.« »Mehr als ein Fuß Schnee lag schon, und es schneite, als sie aufs Joch kamen. Hinter ihnen war alles von Nebel verhüllt, und vor ihnen, über den Gletscher, so weit sie sahen, trieb der Wind Schneewehen zusammen. Während sie im Stehen ihre Brote aßen und Wein aus der Flasche tranken, schauten sie sich um und sahen, daß weitum alles ununterscheidbar weiß war.«

Inzwischen war die Sonne auf der einen Seite verschwunden und nach einer Weile, in der die Kabine ganz im Schatten lag, auf der anderen aufgetaucht. Die Temperatur war rasch gesunken – »11.30 Uhr. 35°« »12.45 Uhr. 20°« – und, wir konnten es kaum glauben, genauso rasch wieder gestiegen: »14 Uhr. 30°.« Daneben war es vor allem die Luftfeuchtigkeit, die uns zu schaffen machte, die sich überall niederschlug, und als wir nichts mehr zu trinken hatten, schleckten wir Kondenswasser von den Wänden. Im Keller, wie wir die Kalotte unterhalb des Bodens nannten, war eine richtige Lache entstanden, nur nützte sie uns nichts, weil sie Quecksilber enthielt. Der Barometerstand blieb erschreckend konstant. In der Stille war das Brummen der Sauerstoffapparate zu hören, sonst nichts, oder genauer, wir hatten nur einen, den Flüssiggassapparat, in Betrieb, während wir den anderen, den Preßgasapparat, ausgeschaltet hatten, und als wir ihn einschalteten – »Engelsstimmen« –, wußten wir, vor Mitternacht war nicht mit einem Mangel zu rechnen. »Das ist das Rauschen des Äthers.«

Ich stieß den Wagen, was es ging, und es war ein Spaß, die Gänge wild hineinzureißen, daß das Getriebe kreischte, möglichst ohne Kupplung, oder zu spüren, wie er sich mit quietschenden Reifen in eine Kurve legte, auf der einen Seite, und auf der anderen hochkam wie ein Katamaran, wie er beim Bremsen in die Knie sank, beim Beschleunigen sich aufbäumte, und wir schossen mit 100 km/h und mehr auf die Stadt zu. Es war mir egal, daß mich die Herren ermahnten, vorsichtig zu sein, es war mir alles egal, und ich mußte nur lachen, wenn ich von weitem schon sah, wie der Gegenverkehr auf der Bankette hielt, um mich vorbeizulassen, und um so mehr, sooft es vorkam, daß einer aus seiner Kiste sprang und hinter mir herfuchtelte, und wenn immer, sowie ich hupte, eine Frau in einem Vorgarten oder am Straßenrand stand, war es nicht Zufall. Das Gezeter machte mir nichts aus, mochten sie sagen, was sie wollten, eher schon das von Zeit zu Zeit scheinbar unvermeidliche ›le voilà‹, wenn sie vor sich in den Wolken den Ballon entdeckten. Dann zuckelte ich nur so dahin oder stoppte überhaupt, und wenn er wieder verschwand, war ich schon in meinem Element, unnötig, mich anzutreiben, und versuchte, aus dem Daimler alles herauszuholen, alles und noch mehr: »Schneller geht es nicht.«

Die Landschaft, durch die wir kamen, war mir vertraut. Beiderseits der Straße zogen sich, so weit der Blick reichte, Hügel hin, als wir die Ebene hinter uns hatten, und es waren Formen, daß mir das

Wort ›schmerzhaft‹ im wahrsten Sinn hochkam, mit Baumgruppen oder vereinzelten Bäumen, oder es war ein richtiger Saum, am Rand einer Kuppe, oder auf ihr eine Krone, und natürlich immer wieder Wald. An der markantesten Stelle, weithin sichtbar, stand ein Holzkreuz, wahrscheinlich mit Kränzen und Kerzen, und von ihm ausgehend, oder vielmehr, zu ihm hinstrebend, waren es Bretterzäune, aus allen Himmelsrichtungen, gestrichen, ungestrichen, und wer weiß wozu, es schien ein Areal vollkommener Zwecklosigkeit zu sein. Daran schloß sich ein Pferdekorral mit einem einzigen Pferd, einem Schimmel. Dahinter lagen Wiesen im Sonnenschein, und über sie weg, über die Wände der unzähligen Heuhütten, mit plötzlichen Beschleunigungen, plötzlichen Verzögerungen, strichen Schatten, hinterrücks, in ihrem klammheimlichen Konturenflug. Immer wieder ging es durch Alleen, manchmal schnurgerade, und manchmal waren sie so üppig, daß in ihrem Fluchtpunkt schon die Dunkelheit zu warten schien, mitten am Tag, oder ein Gewitter. Ich wandte mich von Zeit zu Zeit Degle zu, der neben mir saß, oder Berger, Gerber und Demel im Fond, meistens mit nichtssagenden Bemerkungen, nur um zu sehen, wie sie reagierten, und was ich sah, war Glückseligkeit, nichts anderes, zwischen ihren plötzlichen Erregungszuständen, wie sie mit Kinderaugen schauten, ihren Bildband vor sich, ›Deutsches Märchenland‹, und ich war, ob ich es wollte oder nicht, Chauffeur eines sentimentalen Pensionistentrupps. »Schön ist's, wirklich wunderschön.«

Als wir in der Stadt ankamen, war Mittag vorbei, und wir hatten den Ballon schon wer weiß wie lange nicht mehr gesehen. Wenn unsere Schätzungen stimmten, oder vielmehr, ihre, mir war es egal, mußte er unmittelbar über uns sein, und unmittelbar über uns war eine dichte Wolkendecke. Ich merkte, wie die Herren allmählich nervös wurden, und wenn einer von ihnen etwas sagte, sagte er immer Scheiße dazu und sah auf die Uhr: »Im schlimmsten Fall sind die Kanaillen von der Augsburger Zeitung als erste zur Stelle.« Kaum hatte ich den Wagen auf dem Marktplatz geparkt, sprangen sie auch schon heraus und gingen Rükken an Rücken in Stellung, um nur nicht überrascht zu werden, und als sie begannen, sich langsam um sich zu drehen, war es, als würden sie Richtstrahlen aussenden, Radar, so gespannt wirkten sie. Sie schienen nicht wahrzunehmen, was um sie geschah, und schon gar nicht, wie in einigem Abstand immer mehr Zuschauer zusammenkamen, und erst als ein Betrunkener zwischen sie trat, wurden sie aufmerksam. Ich sah zu, wie sie von einem zum anderen gingen und versuchten, weiterzukommen – »Hast du –« »Haben Sie etwas gesehen?« –, es war die immer gleiche Frage, immer die gleiche Antwort, nein, oder nur Kopfschütteln, und manch einer, manch eine wich vor ihnen zurück oder sah sich wie nach Hilfe um. War es ihr saloppes Auftreten? War es ihr Äußeres? Ich wartete, als ich den Stecknadelkopf über der Kuppel des Kirchturms entdeckte, zwischen riesigen Bauschen, und genoß es, daß ich der einzige war, der ihn sah, eine Sekunde, einen Sekundenbruchteil. Dann brach der Wirbel schon los, und es waren die eigenartigsten Reaktionen, sich Kreuzzeichen auf die Stirn, auf den Mund, auf die Brust zu schlagen, oder nur die Hände vors Gesicht, Kopfschütteln, Blinzeln, Zwinkern, Zukken, während das Stimmengewirr im plötzlich mit aller Macht einsetzenden Glockenläuten unterging. Das war es, sonst nichts, nur Degles Erleichterung, Demels Sarkasmus und Bergers Sprachlosigkeit, Gerbers Schweigen im allgemeinen Durcheinander. »Wir müssen schnell weg.«

Der Wagen holperte über das Kopfsteinpflaster, mit einem Donnern, das, wie von einem Murenabgang, stetig anzuschwellen schien, als ich ihn um den aus allen Mäulern wasserspeienden Brunnen in der Mitte des Platzes lenkte, einmal, und vor Euphorie ein zweites Mal, und schließlich in eine der wegstrebenden Gassen riß, ohne zu schauen, welche es war. Im Rückspiegel sah ich noch die auseinanderstiebende Menge, als schon ein wilder Lärm, zwischen den Wänden hin- und herspringend, über uns zusammenschlug. Der Motor kam auf Touren. Ich spürte sein Vibrieren und stellte mir vor, wie die Kolben in die Zylinder stießen, mit welcher Kraft, mit welcher Frequenz, mit der Unverbesserlichkeit eines verbissenen Liebhabers. In der Windschutzscheibe kippten links und rechts die Häuser, und es war, als würden wir von Bordsteinkante zu Bordsteinkante gestoßen, mitten in einem Labyrinth von sich ändernden Längs- und Querverbindungen, ohne Gewähr auf einen Ausgang. Die Tachometernadel zitterte, sprang auf und ab. Der Rosenkranz, der vom Scheibenwischerhebel hing, schwang hin und her, schlug mit einem erschreckenden Prasseln seiner Holzperlen an das Armaturenbrett, daß es ratterte und rasselte, als wären irgendwo in seinem Inneren Schrauben locker, und das Kreuz kam ins Schlingern. Es wirkte, als würde alles unter uns zusammenbrechen, alles auf einen Schlag aus sein. Ich war mit solchen Situationen vertraut, und vertraut war ich auch mit der Stimme, die sich in meinem Kopf zu verselbständigen schien, im Ton eines Radioreporters, Stichwort ›Hektik‹, Stichwort ›Herzinfarkt‹, und mein Leben einmal mehr zu einem Sportereignis machte: »Da zieht er schon aus der Box, Dagobert Zeeh, Triumphator im Grand Prix von Le Mans, und es ist unnachahmlich, wie er seine Aufholjagd startet, im Stil eines Weltmeisters, einen Kontrahenten nach dem anderen überholt, mit immer neuen Rundenrekorden, es sind Demütigungen, Demütigungen sind es, im wahrsten Sinn, und wie er an Start und Ziel vorbeikommt, geht ein Brausen durch die Menge, an- und abschwellend, hinter seinem schießenden und schreienden Boliden her.«

Zuerst, als wir die Stadt verlassen hatten, war es kaum zu glauben, welch ein Schweben, welch eine Schwerelosigkeit und Stille, zwischen den schon hoch stehenden Wiesen, die von einem unverschämten, geradezu unwahrscheinlichen Grün waren, mit Sprenkeln und Tupfern wie in einer Kinderzeichnung. Der Ballon stand gut sichtbar über uns, und wenn wir wollten, sahen wir, wie sich die Wolken in alle Richtungen von ihm wegbewegten, Zirren, mit einer Konsistenz wie Geist und Seele, wenigstens stellte ich mir die so vor, wenn ich nicht zögerte, mir ›diesbezüglich‹ überhaupt etwas vorzustellen. Die längste Zeit schon war der Himmel kein Binnenland-, war ein Meerhimmel, mit Änderungen von einem Blick zum anderen, wie hin- und wieder weggewischt, alles schien möglich, daß es nahelag, wenn schon nicht an Gott, an die Vierdimensionalität des Raums zu glauben. Wir wählten die erstbeste Erhebung und machten halt, und während die Herren sich im Gras ausstreckten und in der prallen Sonne versuchten, ein Nickerchen zu machen, wie sie sagten, übernahm ich die Wache und schaute mir die Augen aus dem Kopf.

In der Halle des Hotels saßen die Kartenspieler schon an ihrem Tisch, wie an den meisten Tagen, und meistens nach dem Mittagessen, und es waren die Großmeister, so nannten sie sich selbst, der Schwarze Luis und der Weiße Hans, Hoteliers, mit dem Postler, der nur der Postler war, sonst nichts, namenlos. (Auch das Hotel wurde schlicht Hotel genannt, ohne weitere Bezeichnung, nicht weil es nicht auch andere gab, nein, es so zu nennen, mit der größten Selbstverständlichkeit, stammte aus einer vergangenen Zeit, Anfang des Jahrhunderts, als es tatsächlich das einzige war, und später immerhin noch das erste am Platz, und nicht der an allen Ecken und Enden Fäulnis ansetzende Kasten mit dem Ruf eines gestrandeten Schiffs.) Als Franz Joseph Schatz zu ihnen stieß, waren sie komplett, und es konnte losgehen, in der üblichen Konstellation, Unternehmer gegen Beamte, mit dem üblichen Protzen auf der einen Seite, mit Schwerkaliberzigarren, immer höheren

Einsätzen und was sonst noch dazugehörte, vor allem schien es das Lachen zu sein, ein Lachen, das tatsächlich schallend wirkte, oder wenigstens genauso laut und verbraucht wie das Wort, während es auf der anderen Seite nicht Zurückhaltung war, nicht Dummheit, sondern im schlimmsten Fall nichts. Vor sich hatten sie einen Doppelliter Wein stehen, den sie aus winzigen Gläsern wie Schnaps tranken, ex, und neben ihnen auf dem Boden stand eine Kiste mit mehreren Flaschen. Sie spielten wie immer zu Beginn, wie um warm zu werden, wortlos, oder nur mit den nötigsten Worten, leise, unhörbar im Klatschen der Karten, und erst nach und nach wurden sie lauter, mit Sprüchen, Stich um Stich, die unschlüssig über ihnen schwebten, wenigstens wirkte es so, eine Zeitlang, und schließlich herabstießen, Belanglosigkeiten, Beleidigungen. Darum schien es zu gehen, möglichst gekonnt einen Streit zu inszenieren, spielerisch, mit dem Ernst eines richtigen Spiels, und alles andere war nur Alibi, Mittel zum Zweck. (Im Bericht des Bergführers nahm das kaum Platz ein, weil er wußte, es würde niemanden interessieren, und schon gar nicht so, als Analyse, und es kam nur in seinen Memoiren zur Sprache, tatsächlich, er schrieb Memoiren, später, ›Mein Leben an einem Tag im Mai vor vielen, vielen Jahren‹, und publizierte sie sogar im Rahmen der Bauernkitsch-

und -lügenliteratur, die eine Zeitlang so sehr im Schwang war, Banalitäten, aus einem Erinnerungsvermögen, einer Erinnerungswut sondergleichen: »Ich setzte eine möglichst verwegene Miene auf und spielte meine Karte, und es war ein Schlag ins Gesicht, als der Schwarze Luis sagte, schachmatt, weil ich wußte, daß mein Kompagnon längst schon verreckt sein mußte, und der Weiße Hans hatte die Sau, der Weiße Hans hatte immer die Sau, man konnte tun, was man wollte.«)

4

Die anderen konnten es nicht glauben, als Franz Joseph Schatz sein Blatt niederlegte, vier Asse, mit einem einzigen Griff seinen Hut und seine Jacke vom Nebentisch nahm, aufsprang und, noch bevor sie etwas sagten, auf den Ausgang zueilte, wo in den Fenstern links und rechts von der Tür einen Augenblick die Gesichter der Mädchen aufgetaucht waren. »Ich wandte mich noch einmal um und sah, daß ihnen die Worte im Hals steckenblieben, so verdutzt schienen sie, und es war schon ein Abgang, wie ein Zinker zu spielen und mir nichts, dir nichts zu gehen, und noch dazu mit zwei Schönen, und sie saßen da wie Gehörnte, der Schwarze Luis und der Weiße Hans, die notorischen Ehemänner, vom Postler gar nicht zu reden, der wohl kaum wußte, wie eine Frau überhaupt aussah.«

Die Mädchen präsentierten sich in einer gewagten Aufmachung, mit Röcken, Röckchen eher, aus einem groben Stoff, knielang, kaum länger, nicht mehr oder noch nicht in Mode, wahrscheinlich selbstgeschneidert, mit schweren Schuhen und Wollstrümpfen, die sie über die Schäfte hinabgerollt hatten, mit Männerhemden, die Ärmel aufgekrempelt, und Hosenträgern. Die bloßgelegte Haut ihrer Arme und Beine war weiß. Sie trugen Rucksäcke, die ihnen über den Hintern hinunterhingen und speckig in allen Farben zu schimmern schienen, Kriegs- oder Vorkriegsmodelle, von wer weiß wem ausgeliehen. (Das war die Stelle, wo der Bergführer anfing, es nicht mehr so genau zu nehmen, wenn er an Stammtischen schwärmte, wenn er sie immer anders ausstaffierte, immer noch aufreizender, nach irgendwelchen Modekatalogen, und schließlich, zugegeben, er war nicht mehr der Jüngste, ging er sogar so weit, zu sagen, sie seien barfuß, in Badeanzügen oder Bikinis erschienen. Das war nicht weiter erstaunlich, erstaunlich war, daß er sich mit solchen Lappalien überhaupt aufhielt. Denn vor Fremden ließ er das heikle Thema stets aus, und in seinen Memoiren schrieb er nur: »Felicitas Fiegl und Philomena Valentiner waren Töchter aus gutem Haus.«)

»Das Hochjoch-Hospiz, eine Schutzhütte in den Bergen, war unser Ziel.« Das Dorf wirkte wie verlassen, und selbst auf dem Bau, wo sonst immer jemand zu sehen war, schienen sich die Arbeiter ins Innere zurückgezogen zu haben, als sie aufbrachen und eine Zeitlang schweigend ausschritten, geradeso, als müßten sie eine Tabuzone hinter sich bringen. Solange der Weg breit genug war, gingen sie nebeneinander, und augenscheinlich versuchten die Mädchen zu vermeiden, daß er in ihrer Mitte ging. Ohne etwas zu sagen, drängten sie ihn stets von neuem ab, bis er unmerklich, einmal auf der einen, einmal auf der anderen Seite, nachhing. Davor schon hatten sie darauf bestanden, ihn Lehrer zu nennen, was zumindest eigenartig schien. Es gab ihm einen Stoß, und als der Weg schmaler wurde und er vor ihnen ging und von Zeit zu Zeit ihr Kichern in seinem Rücken hörte, war er längst angeknackst, und er konnte nicht anders, als denken, daß es ihm galt, und fühlte sich auf einmal fehl am Platz, mit seinem Sonntagsanzug, seinen Halbschuhen, seinem zylinderähnlichen Hut und der Uhrkette, die protzig aus seiner Westentasche hing, alles Eitelkeiten, Details eines Gecks. Daß sie nicht der Norm entsprachen, klar, aber Bergtour hin, Bergtour her, es war zuallererst ein Rendezvous. Das dachte er, wenn er sich umwandte und sah, wie Felicitas und Philomena immer weiter zurückfielen, immer weniger auf Höflichkeit bedacht, und trotzdem, so verlogen es ihm schien, wenn er auf sie wartete, versuchte er zu lachen. Als sie nach einer Stunde eine Pause machten, war er nahe dran, alles zu bereuen, und er saß etwas abseits von ihnen auf einem Felsvorsprung über der Schlucht und lehnte es ab, an ihrem Picknick, wie sie sagten, teilzunehmen, ›Picknick‹, allein schon das Wort. Er verbiß es sich, etwas zu erzählen, und verschluckte lieber, was er vorbereitet hatte, Tier- und Pflanzenkunde, nichts als Imponiergehabe, Lehrer-, Oberlehrertrottelei, und selbst wenn er sich an die Ballongeschichte erinnerte, wer weiß, warum sie ihm nicht aus dem Kopf ging, immer noch nicht, zuckte er instinktiv zurück. War es nicht unsinnig, mit ihnen überhaupt etwas zu teilen, und noch dazu etwas, was er mehr und mehr zu schätzen schien? Es dauerte nicht lange, und sein Sarkasmus kam zum Zug. Das war es, Sarkasmus, als er sich anbot, ihre Rucksäcke zu tragen, und sie stimmten zu, nannten ihn einen Kavalier und rannten ihm von da an voraus, daß er sie schnell aus den Augen verlor. Das war der Augenblick, wo er überlegte, umzukehren, sie sich selbst zu überlassen, aber allein die Überlegung schien ihm schon genug, und er schlich weiter. (»In den Bergen gibt es von einer Höhe an so gut wie keine Vegetation mehr, und die paar Büschel, die da und dort zwischen Steinen hervorsprießen, oder die Moose, die aus dem Fels wie aus dem Nichts zu wachsen scheinen, haben selbst schon etwas Anorganisches an sich, Vorformen von Versteinerungen. Die Talwannen, von Gletschern aufgeschürft und -geschliffen, mit ihren noch nach Jahrhunderten erkennbaren Schmutzrändermoränen, sind manchmal nur von einem dünnen Flaum überzogen, den die ersten Regenfälle, von Murenabgängen gar nicht zu reden, wegwaschen können. Darüber, auf den Hängen, liegt, vom Frost gesprengt, Geröll, darüber Schnee, Eis. Und über allem schweben Dohlen.«)

Schließlich, als er die Schutzhütte erreichte, saßen die Mädchen schon in der Gaststube, und er bemühte sich, keine Notiz von ihnen zu nehmen. Er ließ die Rucksäcke mitten im Raum fallen, nahm umständlich Platz und schaute über ein paar Tische hinweg zu, wie sie sich darüber hermachten. Dann ließ er großspurig Schnaps kommen, eine ganze Buddel, und trank, er inszenierte sein Trinken und warf von Zeit zu Zeit verstohlene Blicke auf sie. Schluck um Schluck wurde ihm wärmer, und er zog sich mehr und mehr in sich zurück, er genoß es, seinen Schweiß zu riechen, seinen Atem, seinen Alkoholatem, seinen Urin, einerseits, und sah sich andererseits, natürlich, er war ein Narr, immer aufdringlicher um. Im

Rausch erkannte er verschwommen ein Bollwerk, eine Bastion, als er sich zu ihnen setzte und lallend vorgab, daß sein Mißmut nur gespielt war, sein Ärger, und von ihm aus, seinetwegen, er kam ins Stottern, von ihm aus schien alles vergessen: »Haben wir uns nicht schon einmal gesehen?«

Die Herren schliefen noch, als ich wach wurde, einer neben dem anderen, und der Ballon war verschwunden. Schon suchte ich den Himmel ab, von Horizont zu Horizont, vergeblich. Die bewölkten und die unbewölkten Stellen schienen ein Schachbrettmuster zu bilden, und die Sonne, der Sonnenstand: »Scheiße.« Wie spät es wohl war? Ich wandte mich den Schlafenden zu, unschlüssig, ob ich sie wecken sollte und zugeben, was mir passiert war, welches Mißgeschick. Oder sollte ich mich auf und davon machen? Das dachte ich, auf und davon, aber es war nicht mein Ernst. Da lagen sie, mit aufgeknöpften Hemden, ohne Schuhe, und über ihnen zuckte ein Mückenschwarm hin und her, geradeso, als sei zwischen seinem Zucken und dem Durcheinander ihres Schnarchens ein Zusammenhang. So, im Zentrum der Bewegung, wirkten sie übertrieben reglos, und es war kein Abstand zwischen ihnen, tatsächlich schienen sie sich zu berühren, und während einer auf dem

Rücken lag, mit gespreizten Beinen, einem ganz und gar aus der Fasson geratenen Bauch und etwas Vulgärem in seiner Stellung, lagen die anderen seitwärts gekehrt, einer mit geballten Fäusten, kauernd, einer die Hände gefaltet zwischen seine Schenkel geklemmt, einer mit zitternden, wie Schreibmaschine schreibenden Fingern. Einmal im Licht, einmal im Schatten, wirkten sie einmal unnahbar, einmal umgänglich. Ich zögerte nicht länger und schlug Alarm, und während sie aufstanden, ihre Schuhe anzogen, ihre Hemden zuknöpften und überhaupt versuchten, sich zurechtzumachen – sie knüpften ihre Krawatten, die sie eingesteckt hatten, streiften ihre Jacken über und setzten ihre Hüte auf –, startete ich schon den Wagen.

Im nächsten Augenblick rasten wir Richtung Schongau, zuerst schlitternd und schleudernd den Schotterweg hinunter, den wir heraufgekommen waren, und erst auf der Hauptstraße lag der Wagen ruhig, wenigstens auf den geraden Stücken, schien wieder zu schweben, zwischen genau den gleichen Wiesen wie vorher, und als wir in einen Wald kamen, es war ein Mischwald mit hochstämmigen, weit auseinanderstehenden Bäumen, wurde es kurvig, eine richtige Rennstrecke, und ich nahm meine Hand nicht mehr vom Ganghebel und schaltete, schaltete und schaltete, vor einer

Kurve hinunter, ohne zu bremsen, und noch in ihr wieder hinauf, möglichst wenn die Fliehkraft am größten war, unmittelbar vor dem Abheben. Der Lärm des Motors schlug mit dem Fahrtwind durch die offenen Fenster herein, und was zustande kam, war ein ununterbrochenes Knallen, einmal leiser, einmal lauter, mit plötzlichen Druckwechseln, Hoch- und Niederdruck in den Ohren. Als wir den Wald hinter uns hatten, war es wieder Hügelland, und in schneller Folge zogen mehrere alleinstehende Höfe vorbei, mit riesigen Ställen, einer im Rohbau, nur sein Skelett war vorhanden, mit hoch aufragenden Pfählen, Vierkanthölzern, mit Querverstrebungen und einem noch windigen Dachgebälk, ein anderer abgebrannt, ein verkohlter Bretterhaufen, wenig später war es ein Sägewerk, und noch später ein Stapel nasser, glitschglatter Bloche. Meistens schon aus der Ferne zu sehen waren die Dörfer, ihre immer gleichen Silhouetten, mit ihren immer gleichen Kirchtürmen, ihren immer gleichen Maibäumen, und manchmal stand auch ein Schlot mitten unter den immer gleich angeordneten Giebeln der Häuser. Wir schossen mit unverminderter Geschwindigkeit am einen Ende in sie hinein und am anderen wieder aus ihnen heraus, und als wir angehalten wurden, einmal, ein einziges Mal kam es vor, von einem schon von weitem winkenden Polizisten, war es genug, daß Degle unverschämt mit seiner Wichtigkeit hausieren ging, im Interesse des Landes, wie er stets von neuem sagte, und mit der Wichtigkeit der anderen, mit ihren Titeln – »Oberstleutnant Gerber, Diplomingenieur Berger, Doktor Demel, Herr Kommissar« –, und der Wilhelminer, denn das war er ganz und gar, ein Wilhelminer, stand stramm: »Jawohl«, oder vielmehr, »jawoll, Herr Direktor.« Dann, als wir auf einen Bahnübergang stießen, war ich drauf und dran, die heruntergelassenen Halbschranken in einem eleganten ›S‹ zu umrunden, und nur ein herannahender Zug hielt mich im letzten Augenblick zurück, die Dampflokomotive an seiner Spitze, die haus-, hochhaushoch wirkte, aus der Nähe, und schmerzhaft laut ihr Zischen, ihr Donnern, ihr Quietschen, das in keinem Zusammenhang mit ihrer Langsamkeit stand. Wir saßen vor Schrecken sprachlos in unseren Sitzen, staunend, wie ein Waggon nach dem anderen an uns vorbeischlich, ein endlos langer Gütertransport, und am Ende war es wie im Theater nach dem Aufgehen des Vorhangs, Halluzination oder nicht, wir sahen die Landschaft dahinter zum ersten Mal richtig, zum ersten Mal die Alpen, obwohl sie wer weiß wann schon sichtbar gewesen sein mußten.

Wir waren ein Stück weiter, als es losging: »Ich kann mir nicht vorstellen, daß der Professor ohne

Grund so lange in der Luft bleibt, und entweder er ist ein vollkommener Narr, nicht vor den Bergen die letzte Gelegenheit zum Landen zu nutzen, oder es muß etwas geschehen sein.« Das war der Anfang, und nach und nach wurden alle möglichen Eventualitäten erörtert, mit erstaunlicher Gelassenheit, ›Höhenrausch‹ war ein immer wiederkehrendes Wort, ›Höheneuphorie‹, und wenn es Dutzende von Gründen gab, sich Sorgen zu machen, gab es stets einen weiteren dagegen oder die Zuflucht in irgendwelche Witzeleien: »Kein Grund zur Besorgnis. Denn alles, was aufsteigt, kommt irgendwann wieder herunter.« Ich hielt mich heraus, ohne Erwartung, was sie von sich gaben, einer wie der andere, aber vor allem waren es Demel und Degle, die sprachen, der eine zurückhaltend, mit akademischer Genauigkeit, sein Sprechen war von einem abwehrenden Gestikulieren begleitet – Gesten der Ohnmacht –, und es schien gerade seine Zurückhaltung zu sein, die den anderen zu immer neuen Vorstößen trieb, mit der Zielsicherheit eines Tatmenschen und dem ihm eigenen Machtinstinkt, während Berger und Gerber nicht viel oder überhaupt nichts sagten, kopfnikkend, kopfschüttelnd, einmal so, einmal so, unabhängig vom Verlauf. Die Positionen waren klar, einerseits Hoffnung, daß alles gut ausging, andererseits Besserwisserei, und es schien, lächerlich genug, nach wie vor ihr Ehrgeiz, daß wir als erste die Lande-, oder wenn schon nicht Lande-, die Absturzstelle erreichten, im schlimmsten Fall als Zeugen eines Unglücks. Und im Visier ihrer Lamentos war wieder und wieder, daß wir wahrscheinlich nicht vor Einbruch der Dunkelheit nach Hause kamen. Da wunderte mich nichts mehr, auch nicht als wir eine Panne hatten und sie plaudernd und plappernd im Wagen sitzenblieben und ungeniert zusahen, wie ich den Reifen wechselte, eine Scheißarbeit, und aus Rache zündete ich mir eine meiner Zigarren an, wieder eine, zitterte und zuckte, schnippte die Glut zu ihrer Verblüffung über den offenen Benzinkanistern scheinbar nachlässig weg, bevor ich sie mit ihren Mäulern voran in die Tankstutzen steckte, und es war das Gluckern, es war der Geruch, es war der Geschmack des Benzins, vermischt mit dem Rauch, vermischt mit dem Alter, mit der Jugend des Jahres, was mich aufatmen ließ. Wir lebten – so viel war sicher –, wir lebten in ganz anderen Welten.

Inzwischen schien mehr als die Hälfte, schienen drei Viertel, sieben Achtel des Himmels wolkenbedeckt, und es war ausgeschlossen, daß der Ballon zum Vorschein kam, trotz aller Flüche und Verwünschungen, vor allem der Oberstleutnant tat sich hervor, trotz der Gebete des Meteorologen, so wirkten sie, seine Aufzählungen, seine Anrufungen, wie Gebete, wie Litaneien, Zirrus, Zirrostratus, Zirrokumulus, Altokumulus, Altostratus, Nimbostratus, Stratokumulus, Stratus, Kumulus, Kumulonimbus, und er ging ganz und gar in ihnen auf: »Das sind die Säulenheiligen.« Der Direktor sagte: »Unsinn, alles Unsinn, mein Herr«, und Doktor Demel ließ ein entsetztes ›aber, aber‹ vernehmen. Es war zu erwarten, daß sie von da an schwiegen, um sich nicht in die Haare zu geraten, und tatsächlich, es dauerte eine Zeitlang, und erst als sie einen Flachmann reihum gehen ließen und Bruder- oder Brüderschaft tranken, wie sie sagten, schien der Bann gebrochen. Ich wunderte mich, daß keine Vorwürfe kamen, und war froh, daß wenigstens die Windrichtung stimmte, wenigstens in den untersten Schichten, soweit ich es ausmachen konnte, Richtung Osten, Südosten: »Ich wette, daß der Aerostat genau über uns steht, wenn es aufreißt.«

Das Schauspiel in der Stadt war wieder das gleiche, mit umgekehrten Vorzeichen, ein Auflauf von Leuten, mehrere Dutzend schienen es zu sein, die sich nach und nach um uns scharten, und es gab kein anderes Wort als ›Ufo-Hysterie‹, alle schienen etwas gesehen zu haben, der eine da, der andere dort – sie redeten und redeten –, nur wenn wir wissen wollten, was, wurden sie kleinlaut, und ihre widersprüchlichen Informationen waren wenig, waren nichts wert. Dann standen sie nur da und warteten, und mir kam die Wendung ›den Herrgott einen guten Mann sein lassen‹ in den Sinn. Ich wußte nicht, warum ich das Gefühl nicht los wurde, mit den Augen eines Missionars auf sie zu schauen, wenn ich sah, wie sie uns, wie sie den Wagen anstarrten, der dampfend im Schatten stand, mit Verdauungsgeräuschen, einem Gurgeln, das von Zeit zu Zeit aus seinem Inneren drang, und sonst war es mucksmäuschenstill. Wir rissen uns los und gingen zur Post. Die obligatorischen Anrufe waren zu tätigen, ohne Ergebnis, niemand wußte etwas, auch in Augsburg nicht, nichts Genaues, und während ich müßig vor dem Gebäude stand, wer weiß, warum ich nicht hineingegangen war, unter den weit offenen Fenstern der Telephonzentrale, ahnte ich augenblicklich, man würde mir nicht glauben, und ich müßte wahrscheinlich schwören, wenn ich erzählte, daß ich einmal, zwei-, dreimal, viermal hintereinander denselben Satz hörte, mehr oder weniger laut geschrien: »Hallo«, und nach einer Pause, »Schatz, ja, Schatz, ja, alles gut.«

Zwölf Stunden waren wir schon in der Luft, und wir wußten, es würden wahrscheinlich noch vier weitere werden, vorausgesetzt, die Sonne ging um acht Uhr unter, vorausgesetzt, die Sonne ging überhaupt unter. Wieder war es unerträglich heiß, oder immer noch, immer, immer, immer. Der Barometerstand stieg an, blieb konstant, stieg an, blieb konstant, stieg an, insgesamt ein paar Millimeter. Kein Leck – wir hatten es hundert-, tausend-, hunderttausendmal gecheckt –, kein Leck, kein Leck, kein Leck. Der Sauerstoffapparat, der in Betrieb war, war in Betrieb. Die Zeit verstrich, verstrich nicht, verstrich am Bordchronometer nach ganz eigenen Gesetzen, nach den Gesetzen unseres gemeinsamen Schicksals, nach den Gesetzen der Schwerelosigkeit und des Schweigens.

»Sie waren noch nicht weit auf dem Gletscher gegangen, als sie bis über die Knie, an manchen Stellen bis über die Hüften im Neuschnee versanken. Vorgeneigt, als gingen sie aufwärts, stapften sie hinab, schoben sie sich Schritt um Schritt, wühlten sie mit ihren Händen einen Weg, und wenn es nicht anders ging, krochen sie auf allen vieren. Über ihnen schlugen die Elemente zusammen, oder rund um sie, sie wußten nicht mehr zu sagen, wo oben und wo unten war, im Schneetreiben, im Nebel. Sie taumelten, nur von Windverwehungen gestützt, ohne Richtung dahin, ohne Gleichgewichtssinn. Durch und durch naß und schlotternd vor Kälte, versuchten sie, mit allen Mitteln in Bewegung zu bleiben, vor oder zurück, oder sie liefen im Kreis.« »Wenn sie sich am Anfang im Vorausgehen abgewechselt hatten, ging nach einer Zeit nur mehr der Führer voraus, mürrisch, mit einem Dutt aus Schnee und Eis in seinem Haar, mit richtigen Eiszapfen im Schnurrbart, während der Kurat sich in seinem Windschatten hielt und von Zeit zu Zeit ein Vaterunser sprach. Die Rollen waren verteilt, und wenn der eine schon nichts sagte, aus Ehrfurcht vor Hochwürden, aus einer Frömmelei, die ihn mit großer Zielsicherheit das Dümmste tun ließ, konnte es dem anderen nur recht sein, und er gab nach ein paar zaghaften Versuchen seinen Widerstand auf.« »Die Dämmerung kam mitten am Nachmittag, und das Licht, ohne bestimmbare Quelle, verschwand, als würde es von den Molekülen oder Atomen des Wirbelsturms aufgesaugt werden. Schon war es Nacht, und es blieb nur ein Glitzern über dem Schnee, das da und dort aufblitzte, sonst nichts. Oder manchmal ein Streichholz, zitternd die Flamme, kaum aufgeflackert, war sie wieder weg. Die Geräusche wurden in der Dunkelheit lauter, das Keuchen, das Husten der Männer, ihr unruhiger Atem, vermischt mit dem Knirschen ihrer Schritte, mit ihrem Schaben die Schneewände entlang, und wenn sie etwas sagten, war es ein Flüstern. Es waren die Gebete des Kuraten. Es waren die Flüche des Führers. Meter um Meter tappten sie voran, und wenn sie von Zeit zu Zeit schrien und auf ein Echo lauschten, war es ihre einzige Möglichkeit, sich zu orientieren, und ihre Schreie verklangen, von niemandem gehört, von keiner Menschenseele und auch von sonst niemandem.« (Aus irgendeinem Grund ließ die Zeitungsgeschichte den Professor noch immer nicht los, und wenn er ein Stück las, abbrach und erst viel später fortfuhr, war es nach einer ganz eigenen Regie, und es gelang mir nur mit Mühe, ihm zu folgen.)

Wir bewegten uns so wenig wie möglich, mehr liegend als sitzend, auf unseren Seilrollen, und es war schon Anstrengung genug, Anstrengung zu viel, wenn wir uns von Zeit zu Zeit erhoben, um das metallen schmeckende Kondenswasser von den Kabinenwänden zu schlecken. War es Wasser? War der Sauerstoff, den wir einatmeten, Sauerstoff? Egal, wir atmeten, ein, aus, ein, aus, ein, aus, mit unverminderter Beharrlichkeit. Allgegenwärtig war der Schweiß, unser Schweiß, nicht nur in unseren Körpern, schien es, in allen Dingen, zerstäubt in ihren Teilen, in all ihren Atomen, er war in uns, um uns, wir waren in ihm. Wir zitterten, hörten auf zu zittern und zitterten wieder, zitterten vor Hitze, und wenn wir uns ansahen, wußten wir, wir waren Schablonen, einer Spiegelbild des anderen, von den Strapazen, vom Schrekken zur Gleichheit entstellt.

Da war der Stimmungsnullpunkt längst erreicht. Ich ließ inzwischen ohne Widerspruch über mich ergehen, was der Professor von sich gab, mochte es noch so ein Unsinn sein, und versuchte nicht mehr, ihn zu bremsen. Alles, was ich versuchte, war, wortlos meine Mißbilligung zum Ausdruck zu bringen, wenn ich ihn ansah, oder nein, ich sah ihn nicht an, nicht wirklich, es war schon genug, an ihm vorbeizuschauen, um zu sehen, wie lächerlich, wie er dalag, mehr tot als lebendig, nach wie vor in Unterhosen und Socken, mit seinem Taschentuch, verrutscht, auf dem Kopf, und vor sich hindöste, und wie erst, wenn er hochfuhr und loslegte, manchmal, oder mühsam aus seiner Versenkung herauskam, mit großen, immer größeren Pausen, nie ohne sich ausgiebig zu räuspern und seinen eingetrockneten Schleim durch den Rost in die Wasserlache unter uns zu spucken: »In Wahrheit waren wir noch nicht lange verheiratet, als mir zum ersten Mal Zweifel kamen, während unserer Flitterwochen, ohne Skandal in der Brautnacht, ohne Schande oder sonst etwas Sensationelles.« »Vielleicht lag es daran, daß mir nicht richtig klar war, daß mit der Hochzeit die Ehe begann.« »Das dachte ich, einerseits, und andererseits, es lag an all den Familien, in denen die Söhne seit Generationen zu Honoratioren erzogen wurden, die Töchter zu Waschweibern, und was das hieß, bekam ich zu spüren, Zukkerbrot und Peitsche, Pflichterfüllung, und Revoluzzerinnen gab es nicht.« »Das wollte ich am Anfang nicht wahrhaben, zu gut hatte ich die Reden meiner Frau, als sie noch nicht meine Frau war, in Erinnerung, Reden, die stets Widerreden waren, zu gut ihre Klagen, Anklagen, wohltuend zynisch, zu gut ihre Koketterie mit irgendeiner Loge, einer Libertinage, wie sie sagte, deren Ideen ihr die Schamröte ins Gesicht trieben, aber immerhin, sie vollzog sie nach.« »Das sollte mit einem Schlag aus und vorbei sein, nichts als Konversation, ein Zeitvertreib, ihre Art, sich interessant zu machen, ohne Herzblut. Denn mit einem Schlag ging es ihr um Ehrbarkeit, und sie ergriff nicht mehr die Partei irgendwelcher Traumtänzer, sie ergriff nicht einmal mehr ihre eigene Partei, sie ergriff von vornherein meine, egal, ob sie richtig oder nicht richtig war. Es kam schnell so weit, daß ihre Haltung zu mir die übertriebener Rücksichtnahme wurde, und wenn ich mich irgendwo hinsetzte und las oder sonst etwas tat, konnte ich sicher sein, daß sie sich mit einem Näh- oder Strickzeug zu meinen Füßen niederließ, ergeben auf einen Befehl wartete und, wenn keiner kam, selbst anfing: ›Möchtest du etwas?‹« Ich wußte nicht, wovor ich mich mehr ekelte, vor ihm, seiner ganzen Erscheinung, oder vor dem, was er sagte, und als er weitersprach, alles mögliche über einen Mangel an Ekstase, Selbstvergessenheit und Wahn, war ich nahe dran, ihm Beleidigungen an den Kopf zu werfen. Denn er schien nicht zu merken, daß er über alle Stränge schlug. Waren es Halluzinationen? Ich nickte selbst von Zeit zu Zeit ein und schrak schnell wieder auf, von seinem Röcheln erschreckt, das, wenigstens im ersten Augenblick, das Röcheln eines Sterbenden war, aber sobald ich seine Stimme hörte, wußte ich, kein Grund zur Sorge, seinen Bariton, seinen Baß, der wie von draußen, aus dem Raum, hereindrang, wie von uralten Lautsprechern verstärkt, und manchmal, mit geschlossenen Augen, kam es mir vor, als würden wir im Inneren einer Box sitzen, von Kehl- und Kratzgeräuschen, Katastrophenlärm, umgeben: »Zuletzt war es ihre Migräne, die ich natürlich nicht ernst nahm, und als ich mich gezwungen sah, sie ernst zu nehmen, angesichts einer Serie von immer schwereren Anfällen, in denen der Unglücksvogel weder pipp noch papp sagen konnte, noch sich bewegen, noch sonst etwas, wußte ich, es war meine Strafe.«

Das mußte das Ende sein, so, wie es klang. Wir warteten eine Zeitlang, und gegen meinen Willen begann sich eine Art verständnisvollen Schweigens breitzumachen. Ich hatte nichts gesagt, und wahrscheinlich war es nicht nötig, daß ich etwas sagte, was auch, etwas Zustimmendes, wo er sich so sicher schien, und Ablehnung würde er ohnehin nur überhören. Dann setzten wir uns auf und aßen ein paar Bissen, zwangen uns wieder, ein paar Bissen zu essen, und natürlich schmeckte es lau, schmeckte schal, schmeckte nach nichts. Wir kauten, als kauten wir an unserem eigenen Gaumen, unserer eigenen Zunge herum, und statt sich zu zersetzen, statt weniger zu werden, wurden sie mehr, Schwellkörper in unseren Köpfen. Der Durst – wir hätten wissen müssen, daß es ein Fehler war, etwas zu uns zu nehmen – war auf einmal kaum noch zu löschen, und wir mußten uns hüten, wir mußten uns gegenseitig hüten, nicht die Brühe aus der Kloake im Keller zu schöpfen. »Wir gehen auf Pilgerschaft, Herr Ingenieur, und trinken ein paar Kübel Weihwasser, in einem Zug, ex, wenn unser Stern nicht zerschellt.«

»Daß sie das Gletscherende erreichten, war Zufall, und wenn schon nichts anderes, wußten sie wenigstens wieder, wo sie waren. Vorsichtig nahmen sie das letzte Steilstück in Angriff. Sie hatten aufgehört zu reden. Sie hatten aufgehört, aufrecht zu gehen. Sie hatten mit allem aufgehört, mit allem, was umsonst war. Denn dort lag kein Schnee, auch wenn es immer noch schneite, und unter ihren Händen und Füßen war das blanke Eis, daß sie wieder und wieder ins Rutschen kamen und sich nur mit Mühe zu halten vermochten, mit ihren Fingernägeln festgekrallt, und schließlich, haltlos, sausten sie in die Tiefe und landeten unter dem untersten Abbruch in einem Schneehaufen. Sowie sie sich aufgerappelt hatten, schauten sie auf die Uhr und sahen, es war Mitternacht.«

Inzwischen waren wir den Bergen sehr nahe gekommen. Direkt unter uns Flachland. In einem leicht schrägen Winkel sahen wir zwei breite, seichte Flüsse zusammenfließen, die aus Gebirgstälern kamen. Dort, wo der gemeinsame Strom in die Ebene mündete, lag eine Stadt mit im Sonnenlicht glänzenden Dächern. Weiter weg Schnee, einmal weiß, einmal bläulich schimmernd, einmal, schien es, golden, schien es, gelb. Darüber waren in allen Himmelsrichtungen, in allen Höhen Wolken zu sehen, in allen Formen, in allen Farben des Regenbogens, und tatsächlich, vor uns breitete sich die Natur in ihrer ganzen Künstlichkeit aus, es wirkte wie eine Fata Morgana, oder so, wie eine Fata Morgana wirken mußte, wir hatten noch nie eine gesehen, und wir warteten auf einen Kippeffekt, mit dem alles umschlagen würde, ins Bodenlose, ins Leere, in den Zenit, ins Zentrum einer anderen Welt.

»Ja, Schatz, ja, alles gut.« Der Direktor sprach, noch bevor er den Hörer richtig am Ohr hatte, wie um sich über sich selbst lustig zu machen, und er wußte, es wirkte, vielleicht auch auf sie, auf die Frau, wie eine Parodie und trieb es gerade darum auf die Spitze. Er war längst daran gewöhnt, daß sie ihn hin und wieder anrief, wie er nachsichtig sagte, und hatte aufgehört, eine Strichliste zu führen, und tatsächlich, wenn sie es schaffte, einen Vormittag oder Nachmittag lang nicht anzurufen, war immer er es, der den Bann brach. Schon seit einiger Zeit hatte er die, wie ihm schien, richtige Haltung dazu, alles so zu nehmen, wie es war, und wenn er sich an seinem Stammtisch an den üblichen Witzeleien beteiligte, erstaunt, daß es den anderen gleich ging, oder wenn er gar die Rolle des Wort- und Rädelsführers spielte, war es nie, sie bloßzustellen, es war ein ungeschickter Versuch, mit Hilfe von Klischees zumindest ein Patt zu erreichen. Sein Widerwille war nicht echt, und überhaupt, wie er auf sie reagierte, nur gespielt, aber nach all den Jahren schon so gut, daß ›echt‹ und ›nicht echt‹ nicht mehr voneinander unterscheidbar waren.

In der Stille, als er aufgelegt hatte, sprang ihn der Schrecken an. Es schien zum ersten Mal wirklich still, weil der Lärm vom Festbuffet verklungen war. In sein Unbehagen stießen Bilder, und es gelang ihm nicht mehr, ihnen beizukommen, nicht mit Sätzen, nicht mit Satzschablonen. In seinem Kopf war es ein Strohfeuer, es war eine Kette von Strohfeuern, die abbrannten, Stich um Stich. Wenn er in einem Augenblick noch wie gelähmt an seinem Schreibtisch saß, stand er im nächsten schon auf, und es blieb ihm nichts anderes übrig, nach dem üblichen Hin- und Hergerenne, als sich wieder zu setzen. Das war es gerade, daß er nichts tun konnte, nur warten, von Zeit zu Zeit wie ein Beamter auf die Uhr schauen, wenigstens entsprach es seinen Vorurteilen oder, wie er sagte, seiner Weltsicht, daß nur Beamte so schauten, und tatsächlich, es war derselbe Effekt wie manchmal in Filmen, wenn er auf die Räder eines fahrenden Autos starrte und, wenn es langsamer wurde, stets wieder der Täuschung erlag, sie würden sich gegen die Fahrtrichtung drehen, Speiche um Speiche, schien es, ein wenig holprig, als wären sie nicht rund, als wäre nicht der Kreis das Prinzip, auf dem sie beruhten, sondern ein Vieleck mit einmal so, einmal so vielen Ecken, und es war ihm nie eingefallen, sich Gedanken zu machen, warum, um den Zauber nicht zu brechen. Dazu kam ihm immer in Erinnerung, wie er zum ersten Mal in einem Wandspiegel gesehen hatte, wie der Sekundenzeiger einer Uhr im Gegenuhrzeigersinn von einem Strich des Zifferblatts zum nächsten sprang, nichts

Besonderes, natürlich nicht, aber er machte etwas daraus, es gelang ihm, etwas daraus zu machen, mit einer Empfindsamkeit, die er nur sich selbst verzieh, hin- und hergerissen, was er sagen sollte, Faszination, Blasphemie, und zuletzt blieb nur ein Wort, ›Schwindel‹, sonst nichts. Immer wieder trat er an die Karten und schaute auf die Nester roter und schwarzer Stecknadelköpfe, als könnte er in ihrer Anordnung eine Antwort auf seine Fragen entdecken. Was war geschehen? »Die Forscher sind seit Stunden überfällig«, las er wenig später in der schon am frühen Nachmittag erscheinenden Augsburger Abendzeitung, die ihm die Sekretärin druckfrisch auf den Tisch legte, »und wir müssen das Schlimmste fürchten, wir müssen fürchten, daß den Männern etwas zugestoßen ist, und darum beten Sie, verehrter Leser, verehrte Leserin, beten Sie.«

Da war es nicht verwunderlich, daß er den Reporter, der, zu einem Interview nach der Landung angesagt, trotz der Schlappe erschien, mit ein paar Worten hinauskomplimentierte, wie er zuvor schon den immer noch euphorischen General – er wußte nicht einmal seinen Namen – hinauskomplimentiert hatte, so gut wie ohne Worte. Er staunte selbst, wie leicht es ihm gelang, sie einzuschüchtern, sowohl den schwitzenden, eine Schweißglocke vor sich hertragenden Zeitungsstinker, einen 100 Kilo-Brocken, als auch den sterilen Militär, ein Männchen, das an einem ausgeprägten Kleiner-Mann-Syndrom litt und seiner körperlichen Dürftigkeit mit Haltung zu Leibe rückte, mit einer ständigen Habtachtstellung, mit Eigenschaften, die ihm wahrscheinlich den Ruf eintrugen, einen eisernen Willen zu haben, zumindest in seinen Kreisen, oder es waren andere Wendungen, ›stählerner Blick‹, ›metallene/-r/-s wer weiß was‹ und ›Drahtigkeit‹. Tatsächlich schien sein Gesichtsausdruck schon genug, oder es war die Art, wie er ihren Fragen auswich und sie in der Antwort wörtlich, möglichst wortwörtlich wiederholte: »Ich stimme Ihnen zu –« »Sie haben recht –« »Wir waren in der Planung zu leichtsinnig.«

Im Hof war währenddessen eine Gruppe von Männern zusammengekommen, manche noch im Arbeitszeug, manche schon umgezogen, und sonst, wahrscheinlich wären sie sonst, ohne die Besonderheit des Tages, als Herumlungerer, als Faulpelze verschrien gewesen, angesichts des Versammlungsverbots, das, unausgesprochen, auf dem ganzen Fabrikgelände galt. Der Feierabend war vorverlegt worden, und sie warteten, mit Schildkappen die meisten, Schnurrbartträger, mit verwegenen Gesichtern, ein Gruppenbild, das alles ungeschminkt ließ, unvorstellbar, es könnte einmal romantisiert werden, und als die Werksbusse, dunkelgrüne Ungetüme mit schweren Schnauzen, rundlichen, weit über die Hinterachsen hinausstehenden Hintern und leuchtend gelben Aufschriften, SIEGFRIED KALTENEGGER AG, wie von selbst aus den Garagen kamen, so schlecht waren die Fahrer durch die spiegelnden Windschutzscheiben zu sehen, stiegen sie in den vordersten ein, der augenblicklich mit ihnen davonfuhr, arthritisch, schien es, altersschwach. Die anderen – sie waren numeriert, I, II, III – standen mit zitternden Kühlerhauben in der Sonne, und auf sie eilten aus allen Richtungen Wartende zu und verschwanden in ihnen, von ihnen verschluckt, und als sich der Konvoi in Bewegung setzte, sprang in den jäh an- und allmählich abschwellenden Motorenlärm das Gebimmel der Glocken über der Hauptlagerhalle, und es war vier, exakt sechzehn Uhr.

Der Direktor schrieb, mehr um sich abzulenken als aus sonst einem Grund: »Man kann die Geschichte der Rekordfahrten mit dem Jahr 1804 beginnen lassen, als Gay-Lussac die damals unglaubliche Höhe von 7000 m erreichte, aus der er Luftproben mit zur Erde brachte, um ihre Zusammensetzung zu untersuchen. Im ganzen 19. Jahrhundert tat sich sonst nicht mehr viel, abgesehen vielleicht vom Abenteuer Glaishers, der in einer

Höhe von 8000 m das Bewußtsein verlor und wahrscheinlich noch höher stieg – Tissandier kam auf 8500 m –, oder von der Alpentraversierung Spelterinis. Dann hielt lange Zeit die Marke der Berliner Meteorologen Berson und Süring, 10800 m, aufgestellt am 31. Juli 1901, und erst in den letzten Jahren ging es Schlag auf Schlag, als Ballon und Flugzeug miteinander konkurrierten und es vor allem in Amerika auf sogenannten Flugshows eine Basis gab, die immer mehr Männer anzog, Kopf und Kragen zu riskieren, Männer, die nichts zu verlieren hatten und so schnell zu Ruhm kamen, manchmal auch zu Geld, und der Stand vor kurzem war noch, Soucek 11800 m im Wasser-, 13100 m im Landflugzeug, Gray 12900 m mit einem Ballon. Den Deutschen Rekord hält Neuenhofer, auf einer Junkers, und wer weiß, wenn unser Unternehmen gut ausgeht, was in Zukunft alles möglich ist, alles, wenn wir an uns glauben.«

5

Dann saßen sie links und rechts von Franz Joseph Schatz, Felicitas und Philomena, und versuchten halbherzig, seine halbherzigen Avancen abzuwehren, schlüpften unter seinen Armen durch, entzogen sich seinen Händen und schütteten den Schnaps, den er ihnen aufdrängte, von Zeit zu Zeit zurück in die Buddel oder in den Spucknapf am Boden. Sie sahen interessiert zu, oder nein, in Wirklichkeit ließ es sie kalt, wie er sich mehr und immer noch mehr betrank, und wenn er sie anschaute, schon stier, hielten sie seinem Blick immer stand. Dabei glänzten ihre Augen, und wenn er stets von neuem mit derselben Masche kam – »Was ist? Seid ihr traurig?« –, mußten sie lachen, wie sonst auch, wenn er zwischen seinen Sprüchen, seinen Späßen, über die sie nicht lachten, auf einmal verständnisvoll, ernst oder sonst irgendwie ehrenwert tat. »Wir nahmen ihm von vornherein allen Wind aus seinen Segeln.« Das war es, was sie später sagten, und wenn sie weitersprachen, kam meistens der Satz: »Daß der Narr aus Stolz, aus Hartnäckigkeit oder wer weiß warum auf Kurs blieb, war nicht unser Verschulden.«

Draußen blieb es noch hell, während die Gaststube schon im Dämmerlicht versank. Auf den Tischen waren Kerzen angezündet worden, die in den unterschiedlichsten Mustern ihren Schein und ihre Schatten auf die Wände warfen, daß das Holz der Vertäfelung wie lebendig wirkte. Dann und wann kam der Wirt herein, und es war schwer zu sagen, was er tat, wahrscheinlich nach dem Rechten sehen, wenn er überall herumrückte und

-rupfte, ehe er wieder verschwand. ›Die Festgesellschaft‹ war eine unvermeidliche Wendung in seinen hingeworfenen Sätzen, und er kündigte stets von neuem Herrschaften aus Berlin an, Sektionsleute, wie er sagte, hin- und hergerissen zwischen einem zackigen Habtacht und nackter Verachtung, und schließlich, als sie eintraten, waren es die gewöhnlichsten Schlurfer in großkarierten Hemden, in Knickerbockern und Socken. Sie hatten kaum Platz genommen, als sie sich schon an ihre Aufgabe machten, eine Jubiläumsfeier, ihren Proviant auspackten, Bier bestellten, in Halbliterkrügen, und ein Grammophon installierten, ein Ungeheuer mit einem riesengroßen Trichter und einer Handkurbel, und es dauerte nicht lange, und Musik, immer die gleiche, von einem halben Dutzend Platten, schallend, scheppernd und schmetternd, mit Kratzgeräuschen, zerriß das Durcheinander ihrer Stimmen, und sie tanzten, tanzten einer nach dem anderen mit der einzigen Frau, die dabei war, trotz ihrer Proteste, ihrer Bitten und hilfesuchenden Blicke, und wie sie auf den paar Quadratmetern in Schwung kamen, wie sie herumalberten oder auch nicht, waren es die verschiedensten Stile, einer gab sich schüchtern, einer soldatesk, einer tragisch, einer stümperhaft, nachlässig, je nachdem, wie sie es konnten, wie sie sich trauten mit ihr. Zuletzt entwischte sie auf die Toilette, und als sie zurückkam, oder vorher schon, glühten ihre Wangen, alles an ihr schien zu glühen, und sie setzte sich abseits hin, dem Lachen, dem Weinen nah, so oder so, sie war still, vollkommen still, in der Stille rundum, und schien später, paradox oder nicht, in der Beschaulichkeit des einsetzenden Gitarrengeklimpers nur noch stiller zu werden. Auf einmal war die Hitze des überheizten Raums zu spüren, war der Schweiß der ganzen Horde zu riechen, als wäre er vorher nur aufgewirbelt gewesen, und durch die beschlagenen Scheiben war nichts mehr zu sehen. Im Stillstand, der sich einstellte, schien allen zu Bewußtsein zu kommen, was geschehen war, und der Fortgang des Abends ließ sich weniger aggressiv an, mit dem üblichen Hüsteln und Flüstern, kein Dezibel zu viel, mit dem üblichen Klirren der Gläser.

Inzwischen waren auch Felicitas und Philomena, wenigstens zeitweilig, von den schlimmsten Zudringlichkeiten befreit. Waren sie zuerst noch wie Betschwestern zu beiden Seiten des seine eigene Messe, seinen eigenen Untergang zelebrierenden Lehrers gesessen, saßen sie übertrieben aufrecht, wie um die Stellung zu wahren, als er mit einem nicht beschreibbaren Laut der Erleichterung über dem Tisch zusammengesackt war, und warfen von Zeit zu Zeit einen Blick auf den plumpen, mit seinen weit ausgestreckten Armen wie erlegt wirkenden Körper oder unterbrachen über seinem unverständlichen Stammeln ihre Unterhaltung. Es war ein Flüstern, leise, mit einem Ton der Verschwörung, über den sie kichern mußten, um, kichernd, nur noch leiser zu sein. Denn auch die anderen sollten nichts hören, sich weiter nur um sich selbst scheren und nicht etwa ein Wort zum Anlaß nehmen, sie einzubinden in ihren Hüttenzauber. (Die Beschreibung, die der Vertreter jenes namentlich nicht nennenswerten Klatschblatts später von ihnen gab, oder nein, es war keine Beschreibung, es war nur ein Auswuchs seiner Phantasien, stimmte, natürlich ohne daß der Stümper es wußte, in keiner Sekunde mehr als gerade in der, wo sie ihre Gläser nahmen, aufstanden und mit einem Ausdruck, der unmißverständlich hieß, daß das alles war, kreuz und quer durch den Raum prosteten: »Auf den ersten Blick scheint es ihre Frische zu sein, die einen anzieht, ihre Unverbrauchtheit, mit der sie wissen, was zu tun ist – sie tun es instinktiv, und die Frage, ob richtig oder nicht richtig oder sonst irgend etwas, stellt sich erst gar nicht.«)

Es kam unerwartet, als der Lehrer aufstand und sich, ohne etwas zu sagen, vor den Blicken aller anschickte, mit knieweichen Tapsern den Raum zu durchqueren, auf den Ausgang zu, wo er eine Weile stehenblieb und sich umsah, versuchte, sich umzusehen, bevor er, verloren, in seiner unangemessenen, lächerlichen Kleidung, hinaustorkelte und hinter sich mit aller Kraft die Tür zuschlug. Dann nichts, ein paar Sekunden nichts, lang genug, um unter den Anwesenden ein vielsagendes Schweigen entstehen zu lassen, das übliche Schweigen moralischen Entsetzens, das Schweigen der Rechtschaffenheit, und schon waren seine Schritte auf dem Kies vor den ebenerdig gelegenen Fenstern, war plötzlich ein Rumpeln wie von durcheinander geratenen Fässern zu hören, und wenn es sich wirklich um Fässer handelte, gegen die er gestoßen war, schien im selben Augenblick eines die Geröllhalde vor der Hütte hinunterzupoltern, so klang es, ein schnell verschwindender Lärm. In der Stille war ein Plätschern, leise, laut, das erste Geräusch, abgelöst von einem wiederkehrenden Würgen, das sich in mehreren Explosionen entlud. Spucken. Husten. Und auf einmal ein Schrei, ein Freudens-, ein Schreckensschrei. (»Wir wollten zuerst nicht glauben, daß er es war, der schrie.«) Daran schloß sich die Hektik seines überstürzten Laufens, ein alles abtötendes Knirschen, Getrappel, und als er schwer atmend wieder eintrat, war sein Kredit längst verspielt, und niemand nahm ihm ab, was er sagte, das heißt, die meisten wußten nicht einmal, wovon er sprach.

Wir hielten uns in Schongau nicht länger als nötig auf und fuhren weiter, unsicher, ob wir den Ballon überhaupt noch einmal zu Gesicht bekommen würden. Das einzige, worauf wir uns verließen, wenn auch aus windigen Gründen, oder nur aus Beharrlichkeit, war, daß die Richtung stimmte, Richtung Süden. Seit der letzten Sichtnahme schienen Stunden vergangen zu sein, und so lange war es nicht mehr Tag. Wir wollten noch einmal alles versuchen, ehe mit der einbrechenden Nacht unser Unternehmen so oder so zu Ende ging, um so mehr, als wir nach den letzten Anrufen wußten, daß wir auf uns allein gestellt waren und mit Informationen, welcher Art auch immer, nicht mehr rechnen konnten.

Ich ließ mir Zeit, 50, 60 km/h, langsamer ging's nicht, wenn ich nicht verrückt werden wollte, und wie sonst auch in solchen Situationen kam ich ins Sinnieren, und es war schön zu sehen, daß die Herren nicht mehr Herren waren, wenigstens nicht nur, weil sie sich auf einmal wirklich Sorgen machten und ihren Ehrgeiz und ihren Feierabendwahn nach und nach vergaßen oder gut kaschierten. Zum ersten Mal kenntlich, zum ersten Mal nicht nur Schablonen, so kam es mir vor – Demel schweigend, oder wenn er etwas sagte, schien es Teil seines Schweigens zu sein, genauso unantastbar, Degle redend, redend und redend, mit stets neuen Ideen, während Berger und Gerber tatsächlich nichts von sich gaben, nur ein- oder zweimal ein irrtümliches, irritierendes ›le voilà‹ –, saßen sie abwechselnd vorn, immer solange sie konnten, solange sie noch etwas sahen, nicht nur ein ziel- und richtungsloses Flimmern, lehnten sich mit dem Fernglas aus dem Seitenfenster und schauten. Ich wollte nicht wissen, woher der Umschwung kam, als wir Unter- oder Oberammergau passierten, und wenn ich sie mir ansah, einen nach dem anderen, zurückgeholt, zurück auf den Boden, von wegen ›Ereignis‹, von wegen ›historisch‹, ›national‹ und ›international‹, ob ernst oder nicht ernst, voller Ironie, schienen sie einerseits insgeheim Fürbitten zu sprechen, so weihevoll saßen sie da, andererseits darüber und über sich selbst laut zu lachen. Sie wirkten auf das Wesentliche konzentriert und schenkten nicht einmal der vorbeiziehenden Landschaft, die sie zuvor noch goutiert hatten, Beachtung, es schien ohnehin immer die gleiche zu sein, Einstellung um Einstellung, Idyll um Idyll, mit unmißverständlichen Untertiteln – ›Nimm dir eine Frau, laß dich nieder, zeug ein Kind und nenn es – nenn es, wie du willst‹ –, und nur die näherrückenden Berge waren eine Barriere, gaben dem Ganzen eine Note, mit ihrer sprichwörtlichen Härte, mit ihrer Kompromißlosigkeit. Darüber zogen nach wie vor in allen Formationen Wolken, undurchdringbar, und an den wenigen Stellen, wo die Sonne, schon flach stehend, durchdrang, waren ihre Strahlen wie in den Darstellungen biblischer Szenen zu sehen, und der mystische Anstrich, den dadurch alles bekam, schien mir, erstaunlich genug, auf einmal angemessen.

Als wir Partenkirchen erreichten, entschlossen wir uns, eine Pause zu machen. Auf gut Glück weiterzufahren, schien sinnlos, und es war ohnehin Zeit, daß wir etwas zu essen bekamen. Der Ort wirkte auf den ersten Blick wenig einladend, trotz der Wagen, die überall standen, mehr, viel mehr als an einem gewöhnlichen Tag, und es wurde uns nach und nach klar, ob wir es wollten oder nicht, wir waren nicht die einzigen ›Ballonleute‹. Daher wohl auch die Selbstverständlichkeit, mit der uns der Wirt des Hotel Post aus einem instinktiven Zu- und Zusammengehörigkeitsdenken, sicher wohlmeinend, in sein Hinterzimmer geleitete, wo die anderen Verfolger saßen, an mehreren zusammengeschobenen, zu einer richtigen Tafel erweiterten Tischen, und auch wenn es inzwischen, seit wir die Kolonne überholt hatten, weniger geworden waren, blieben es Horden, oder vielmehr, Widerspruch hin, Widerspruch her, jeder einzelne schien eine zu sein, so führten sie sich auf, so laut, so auftrumpfend, so weit außerhalb irgendwelcher

Normen, allen voran die Kerle von der Augsburger Zeitung, sechs, sieben oder mehr, einer wie der andere, mit ihren Schildkappen, DEUTSCHER MEISTER HERTHA BSC BERLIN stand darauf, ihren Stoppelbärten und der Aura, die sie umgab, einer Hinterhofaura, einer Aura von Schweiß und schwerer, rechtschaffener Arbeit, daß es verwunderlich schien, warum sie sich mit der Schickeria überhaupt zusammentaten, oder, wenn schon nicht zusammentaten, zusammen sehen ließen, oder umgekehrt, sie sich mit ihnen, die paar phlegmatischen, schwachbrüstigen Jüngelchen samt ihren Anhängseln, die mit ihrem weichen, weibischen Äußeren noch im vergangenen Jahrzehnt steckten und sich um so mehr bemühten, ihre schlechtesten Seiten hervorzukehren. Wahrscheinlich war es der Alkohol, der die Vereinigung der scheinbar Unvereinbaren schaffte, und die anderen, die entweder nichts tranken oder aus sonst einem Grund nicht vereinbar waren, vor allem Familien, hatten längst schon gepaßt. (Immer noch zwischen denselben Milchgesichtern wie am Vormittag, oder zwischen anderen, sie waren ununterscheidbar, mit ihren wie aufgeklebt wirkenden Schnauzbärten, saß die Schauspielerin, und natürlich, sie war dieselbe, nur ein wenig derangiert, mit durcheinander geratenen Haaren, mit Lippenstift- und Lidschattenschmierern, und sie wirkte augenblicklich verloren, wenn sie zu lachen vergaß, und wie erst, später, als sie sich von ihnen auf einen Tisch legen und unter dem Applaus aller Sekt, Champagner war keiner zu kriegen, aus den ausrasierten Achselhöhlen schlappen ließ.) Wir standen eine Zeitlang da, ohne etwas zu sagen, nur um den richtigen Augenblick zu erwischen, uns zu empfehlen, und während wir im angrenzenden Raum Platz nahmen, war plötzlich ein wildes, unversteckt vulgäres Gelächter zu hören, das wie eingepeitscht, lauter werdend, stets von neuem losbrach und wahrscheinlich uns galt, uns langweiligen, alten Säcken. Ich sah mir selbst mit einer Mischung aus Unbehagen und Gleichgültigkeit zu, wie ich immer weniger versuchte, mich von den anderen zu distanzieren, wie ich ihre Sache mehr und mehr zu meiner machte oder wenigstens in allen möglichen Situationen selbstverständlich von uns sprach, und nicht nur von ihnen. Was ging es mich überhaupt an?

Wir aßen, und als wir gegessen hatten und ohne Erwartung ins Freie traten, war es der Mond, den wir entdeckten, in einem Fleck wolkenlosen Himmels, riesengroß, matt schimmernd, und kein Wunder, daß wir im ersten Augenblick den im Sinken begriffenen Ballon in ihm sahen. Das Wunder war, daß wir uns von dem Hin und Her kaum erholt hatten, als wir ihn, winzig klein, auf das Alpenmassiv zutreibend oder womöglich schon im Bereich der Zugspitze, es war nicht genau zu sehen, tatsächlich sahen, und nein, er hatte nichts, noch immer nichts oder wenigstens nicht viel an Höhe eingebüßt, so schien es. War es ein Lebenszeichen oder, im Gegenteil, ein Zeichen des Todes? Da schwebte er – wir unterdrückten unsere Freude und suchten angestrengt nach einem Anhaltspunkt –, schwebte, noch prall in der Sonne, zügig in Fahrt, während weit unter ihm die nackten Felswände schon im letzten Licht lagen, das sich an ihnen nicht mehr richtig zu halten vermochte und abglitt, selbst schon im Halbschatten. Wir konnten nur mutmaßen, auf welcher Seite der Grenze er war, aber unsere schlimmsten Befürchtungen, nicht nur wegen der Berge, wurden mehr und mehr zur Gewißheit: »Die werden wohl nicht in Tirol landen wollen.« Und wir malten uns ein gottvergessenes Nest mit einem gottvergessenen Namen aus, Bschlabs, Gramais oder Namlos, dessen Bewohner, ein paar Dutzend bigotte Leute, in einem solchen Ereignis nichts weniger als den Tag des Jüngsten Gerichts vermuten mußten. Wir ließen die kleiner werdende Kugel nicht aus den Augen, und schließlich war es ein Punkt, unteilbar, ohne Ausdehnung, mitten im Blau, und wenn wir ihn noch sahen, schien es schnell unsicher, ob wir nicht nur glaubten, ihn zu sehen, und schon, sicher, schon sahen wir ihn nicht mehr. Da erst wurde uns klar, wie lange wir geschwiegen hatten, einerseits, andererseits, wie lange nichts gehört, und wir hörten aus den weit offenen Fenstern des Hotels das Singen und Schreien der ahnungslosen Wichtigtuer, meinten einmal ein paar Takte der ›Internationale‹ zu hören, ein anderes Mal das ›Lied der schlesischen Weber‹, und von der nahen Kurpromenade, durch ihr Laubwerk, kamen andere Klänge, es war die ›Donna Clara‹, Klänge, wehmütig genug, uns mit dem Tag zu versöhnen: »Wir haben getan, was wir tun konnten.«

Wir zogen uns an – »Wir ziehen uns zu unserem eigenen Begräbnis an«, scherzte der Professor –, als es in der Kabine nach und nach kühler wurde, und schnallten uns zur Sicherheit schon die Fallschirme an. Die Apathie der letzten Stunden wich, und sie waren nur mehr müde, ohne Resignation, ohne Fatalismus. Die Harlekinade, man konnte es nicht anders nennen, schien mit einem Schlag vorbei zu sein, und als der Oberharlekin seine Narrenkappe vom Kopf nahm, sein an den Ecken verknotetes Taschentuch, und nicht zum Spaß, nein, ernst den selbst konstruierten Sturzhelm aufsetzte, den nachhaltig bekannt gewordenen Eierkorb, als er sich den Wissenschaftlermantel überstreifte und erst so nicht mehr nackt war, war klar, daß seine Monologe in einer plötzlichen, schnell überspielten Scham versanken: »Ich muß es wohl nicht sagen, kein Wort, nichts, kein Sterbenswörtchen über unseren Tratsch.«

Wir machten unser Testament, mehr aus Genuß am Skurrilen als aus wirklicher Angst, wenigstens gaben wir es vor. Es war, als wollten sie sich die Zeit mit Schauergeschichten verkürzen – »Wenn ich sterbe –« –, alles Sätze mit ein und demselben Anfang, und der Reiz war, daß es keine Fortsetzung gab, nur die üblichen Kleinlichkeiten, angesichts der ›Größe des Ereignisses‹. Das klang schwer, schwerer, als uns zumute war – »Wir werden es überleben« –, daß es genau richtig kam, als wir abgelenkt wurden, gezwungen waren, voreinander unsere Därme zu entleeren. (»Wir sind guter Dinge«, schrieb der Professor ins Bordbuch, »übermütig, nach den Beklemmungen der letzten Stunden, und vielleicht, so verschroben es klingt, vielleicht gelingt es uns sogar, unser Abenteuer zu genießen, trotz der unentwegten Anspannung, trotz der Ungewißheit unseres Schicksals.«)

Seit einiger Zeit schon waren wir über den Bergen, und in alle Himmelsrichtungen breiteten sich unter uns Ketten von Gipfeln aus, es war ein richtiges Meer, schneebedeckt, oder ohne Schnee, an den schroffsten, abweisendsten Stellen, ein Anblick, tatsächlich zum Atemanhalten, und es gab keine Worte, die ihm gerecht werden konnten. Wir sahen, im richtigen Maßstab, ein Alpenrelief in einem Museum, so wirkte es, und nur das Licht, das darauf zu liegen kam, strafte mit seinem langen Schattenwurf den Eindruck Lügen, ein Licht, zart, zerbrechlich, als könnte ein Lüftchen seine nicht sichtbaren Strahlen verwehen, und es fehlte nicht viel, und sie waren parallel zur Erdoberfläche und warfen ihre Projektionen, wenn nichts im Weg stand, ins Unendliche, irgendwo in den Raum. Der Mond, der unauffällig aufgetaucht war, scheinbar durchsichtig, zuerst noch, in einem unscheinbaren Zwischenbereich, unwirklich, war, schon ganz hell, wirklicher geworden. Das Himmelsblau wirkte an manchen Stellen grün, an anderen rötlich, und über uns war es nach wie vor schwarz. Wir schauten zu, wie die Wolken, die schon eine Zeitlang wie an die Gondel gehängt unter uns schwebten, auf einmal in Bewegung kamen, auseinanderrissen, mit ausgefransten Rändern, an- und abschwellend, wie Quallen, und in neuen Konstellationen wieder zusammenstießen. Wir warteten in unserer Festung, mit unseren Bullaugen als Schießscharten, warteten, was geschah, und ließen unsere Blicke, von der Horizontkrümmung zurückgeworfen, stets von neuem über das Szenario streichen.

»Im Schein des letzten Streichholzes«, ›Zeitungslektüre‹, »zuckten einen Augenblick ihre Gesichter auf, das des Kuraten gefaßt, mit zusammengepreßten Lippen, das des Führers zitternd, zerhackt, und verschwanden wieder in der Dunkelheit. Als Totenköpfe standen die Nachbilder noch eine Zeitlang im Raum. Dann setzte der Sermon des Kuraten ein, monoton, eine leblose Stimme, und das Zähneklappern des Führers, das nicht mehr verschwand.« »Der Führer war davor schon kopfüber in den Schnee gefallen und aus eigener Kraft nicht mehr herausgekommen, hatte sich erbrochen und versucht, sein Würgen zu verbergen. Starrköpfig wankte er immer noch voraus, und wenn er von Zeit zu Zeit etwas sagte, war es meistens ein und dasselbe: ›Wir hätten umkehren sollen.‹« »Sie kamen von Stunde zu Stunde langsamer voran. Es war, als trippelten sie nur mehr im Stand. Schritt um Schritt spürten sie Schmerzen, wenn sie überhaupt noch etwas spürten. Ihre Hände und Füße waren erfroren, ihre Gesichter von der Kälte richtig zerrissen, die Lippen gesprungen, und wenn sie versuchten, in der Dunkelheit etwas zu sehen, standen ihnen augenblicklich Tränen in den Augen, und nichts, nicht einmal Halluzinationen. Sie kauten und lutschten an den Resten ihres eisstarren Proviants herum und nahmen immer wieder einen Schluck Wein oder

Schnaps aus der Flasche, und als der Führer sich weigerte, noch etwas zu nehmen, kam es dem Kuraten recht, weil so alles ihm blieb.« »Wahrscheinlich war es ohnehin schon zu spät, und sie konnten tun, was sie wollten, oder sich untätig ihrem Schicksal ergeben.«

Inzwischen war der Barometerstand stetig gestiegen, ein Millimeter pro Minute und mehr, und sie wußten, daß der Ballon von nun an unaufhörlich sank. In seiner Hülle tauchten zuerst im Bereich des Traggurts und wenig später überall, zufällig verteilt, Falten und Einbuchtungen auf, und seine Symmetrieachse schien sich nach und nach um ein paar Grad aus dem Lot zu neigen. Die Form wurde immer länglicher, es war längst schon keine pralle Kugel mehr, und durch die Verlängerung verschwand das durchgescheuerte Ende der Ventilleine, das während des ganzen Flugs zu sehen gewesen war, aus unserer Sicht, wahrscheinlich unerreichbar, auch wenn wir die Einstiegsluken öffneten, irgendwo weit über der Gondel. Wir versicherten uns, daß wenigstens mit der Reißleine alles in Ordnung war. Sie schauten, ob die Ballastsäcke an Ort und Stelle standen, und lösten die Knoten an den Sackhälsen, daß sie nur noch mit einfachen Schlaufen verschlossen waren und ohne langes Hin und Her in die Schleusen geleert werden konnten. Wir versuchten – spät genug –, das

Quecksilber abzusaugen, und tatsächlich, es gelang uns, mit einem Schlauch, den wir in eine der Instrumentenöffnungen steckten, und schwupp, zischend, zornig, schien es, verschwand es samt dem Wasser als Sprühregen im Raum. Wir waren vorbereitet: »Sauerstoff en masse.«

Als wir auch noch Innendruck und Außendruck verglichen hatten – »20 Uhr. 12000 m« –, setzten wir uns wieder auf die Seilrollen am Boden und starrten einander mit leeren Blicken an. Sie sagten nichts, nichts Zitierenswertes, auch wenn sie wahrscheinlich spürten, daß es ein Augenblick voll Pathos war, der Augenblick der großen Reden, und zum Glück, er ging sang- und klanglos vorbei. (Wir sparten uns den Satz, den wir vorbereitet hatten: »Es ist ein kleiner Schritt für einen Menschen, aber ein großer für die Menschheit.«) Es war ein Gespräch über Banalitäten, das sich ergab, über Vorstellungen, Wunschträume von einem warmen Bad, einer Massage, einem Abendessen, alles weitere war schon wieder unaussprechbar, und Schwachsinn oder nicht, sie malten sich aus, daß irgendwo im All Außerirdische mithörten, mit riesigen Antennen, und ihre Worte entschlüsselten, mit viel mehr Bedeutung, als sie hatten, mit einem Hin und Her von Heimlichkeiten.

»Die Hoffnung, außerhalb des Gletschers auf weniger Schnee zu stoßen, zerschlug sich, sowie sie die ersten Schritte taten. Sie brachen nicht mehr nur bis über die Knie, nicht mehr nur bis über die Hüften, sie brachen an manchen Stellen bis unter die Achseln ein. Es schneite immer noch, und Augenblicke plötzlicher Windstille wechselten mit Augenblicken ab, wo der Wind von allen Seiten zu kommen schien, als wollte er sie in Grund und Boden stampfen. Dann blieb ihnen manchmal die Luft weg, und sie mußten stehenbleiben und warten. Der schmale Talboden war über weite Strekken von Lawinen, die auf beiden Seiten von den Hängen brachen, ausgefüllt, haushoch und mehr, und wenn sie sich über sie arbeiteten, war es ein Schwimmen und Rudern, so sehr verloren sie den Boden unter den Füßen. Wenn sie ein Donnern hörten, irgendwo über sich, ohne es orten zu können, erstarrten sie, und wenn ihnen der nachfolgende Druck die Lungen zu zerreißen drohte, warfen sie sich in den Schnee, die Arme schützend vor den Kopf gehoben, oder sie wurden hochgerissen und ein paar Meter weiter wieder abgesetzt, während schon Schneestaub auf sie niederrieselte und sie unter sich begrub.« »Sie waren immer noch am Leben.«

Schon bevor die Gondel im Schatten lag, begann es in der Kabine zu dunkeln, und sie maßen zum ersten Mal seit irgendwann am Morgen Temperaturen unter zwanzig Grad. Der Ballon selbst war noch eine Zeitlang im Licht und verblaßte schließlich auch, und wenn es nach wie vor Leute gab, die sich die Mühe machten, uns zu beobachten, verschwanden wir aus ihren Augen. Die Hülle war inzwischen vollkommen verbeult und wirkte so, als würde sie von einer Sekunde auf die andere in sich zusammensacken, oder noch schlimmer, umkippen und wie ein aufgespannter Regenschirm auf dem Kopf dahintreiben oder ohne Halt ins Trudeln kommen. Auffallend weiß breiteten sich nicht weit unter ihnen Wolken aus. Darunter war es ein sprichwörtliches Alpenglühen, lodernd, schien es, feuerrot, und wir schauten hin, schauten weg, wieder hin, wieder weg. Die Sonne ging unter, verlor ihre Form, eine Ellipse, platt und immer noch platter gedrückt, federnd fast am Rand der Welt, und am Himmel, ein Nachbild, blieb der Bogen ihrer Bahn, wenigstens sein letztes Stück, sichtbar, unsichtbar zurück. Darüber, tatsächlich schon in Augenhöhe, war ein Kumuluspilz entstanden, kohlrabenschwarz. In einem letzten Stoß schienen die Farben ihre Kraft zu versprühen, und es dauerte nicht lange, und sie verschwanden, lösten sich auf in den unterschiedlichsten Grautönen, daß alles umkippte in einen anderen Wirklichkeits-, Möglichkeitsgrad, mit anderen Geräuschen, unhörbar, es war von einem Augenblick zum anderen weniger ein Durcheinander als ein gleichmäßiges Summen, und einmal mehr war klar, daß die Erde im Mittelpunkt stand. (»Sind Sie religiös, Herr Ingenieur?« Der Professor stellte wie nebenher die Frage und sah den Assistenten durchdringend an, und als nichts kam, wartete er, wiederholte sie und versuchte, ihm, und mit ihm sich, einmal die eine, einmal die andere Antwort schmackhaft zu machen, mit einem Kopfnicken, einem Kopfschütteln, und er war sichtlich zufrieden über das Nein, ein Nein, schien es, gegen alle Versuchungen des Teufels.) »Wir sind mitten im Landungsmanöver.«

In der Stille, die sich ausbreitete, als die letzten Gäste das Gebäude verlassen hatten, es waren lauter Honoratioren, und in scheinbar lautlos vorfahrenden Limousinen, deren Fahrer ihnen mit dem Gehabe von wohlerzogenen Butlern die Türen zum Fond aufhielten, verschwunden waren, versuchte der Direktor, auf einen Nachhall zu lauschen. Manch einer hatte sich noch sehen lassen, hatte den Kopf zur Tür hereingesteckt und ein paar Worte gesagt, manch einer nicht, und ihm kam alles gleich nichtssagend vor. Die Sekretärin war, zum Gehen bereit, umgezogen, in ihrem Straßenkleid, mit einem ihrer Hüte, die sie von Tag zu Tag zu wechseln schien, noch einmal eingetreten, wieder, wie seit Jahren, in der Hoffnung oder Angst, eher Angst, er würde sich ihr nähern, und als sie längst schon auf und davon war, hallten ihre Stökkelschuhschritte, von den Wänden hin- und hergeworfen, noch in seinen Ohren. Dann war außer ihm, er wußte, nein, er spürte es, nur mehr ein Telephonist in der Portiersloge da, der die immer noch von Zeit zu Zeit eingehenden Anrufe aufnahm, nichts Besonderes, natürlich nicht, in der Dämmerung, in der zunehmenden Dunkelheit, Dummheiten, oder nicht einmal Dummheiten, Dampfplaudereien, und er genoß die Ruhe, auf einmal ohne Sorgen, saß ungerührt an seinem Schreibtisch, seinen Blick auf die Karten vor sich gerichtet, durch sie hindurch, irgendwo-, nirgendwohin, und konnte über die Idee, sozusagen a priori, wie er sich sagte, eine Jubelbroschüre zu schreiben, nur lachen, während ihm von der Vorstellung, allein zu sein, warm wurde, allein genug, mit ausreichend Mauern, ausreichend Luft zum Atmen, zwischen sich und anderen Menschen. Das kam seinem Wunschtraum schon sehr nahe, mit einer Zigarette auf einem schallisolierten Scheißhaus zu sitzen, zu rauchen, als sei es die erste, als sei es die letzte, oder, ohne zu rauchen, Stunde um Stunde nur so zu verweilen, in einem Durcheinander von Darmgeräuschen oder mucksmäuschenstill.

Als das Telephon klingelte, ließ er es klingeln, lächelnd, als es nach einer Pause noch einmal begann, penetranter, lang anhaltend, und er wußte, daß es mit der Ruhe vorbei war, während er auf den Apparat starrte, als könnte er das Klingeln sehen, comicartig, in seinem Pulsieren, seinem Hüpfen, im Zickzack seiner Strahlen. Er wartete, und als es von neuem losging, zuckte er zusammen, wie von der Trillerpfeife eines Polizisten verwarnt, an- und ausgepfiffen. Dann stand er auf, ging ein paar Schritte, und wie er in der Mitte des Raums stehenblieb, war es wieder da, wieder und wieder, mit nur mehr kurzen Unterbrechungen, und schließlich schrillte es ununterbrochen, trieb ihn von einer Ecke in die andere, unschlüssig, ob er abheben sollte, abheben und auflegen oder seinen Standardsatz sagen, einmal noch, ein letztes Mal, und als er ans Fenster trat, öffnete er die Flügel und lehnte sich so weit hinaus, daß er zurückschrak, mit verwackelten Bildern im Kopf, unten war oben, und oben war unten, ein Himmel, der es ihm antat, und Theatralik hin, Theatralik her, er sprach es aus, mitten hinein in das Schellen, das in seinen Ohren immer aggressiver klang, wie von einer Fahrradklingel irgendwo im Hof, einer Feuerwehrsirene, einem Fliegeralarm, unüberhörbar, und in seinen Augen standen Tränen: »Ja, Schatz, ja, alles gut.«

Sowie es aufgehört hatte, ging er, oder vielmehr, er entwischte, schweißgebadet. In aller Eile stolperte er auf den Gang, die Treppe hinunter und kam im schummrigen Licht des Parterres vor dem Telephonisten zum Stehen, einem Burschen, der Haltung annahm, und ohne auch nur irgend etwas wissen zu wollen, ließ er ihn Bericht erstatten und war, während er noch sprach, schon aus dem Haus. Draußen blieb er eine Weile stehen, eingelullt von der Wärme, die ihn plötzlich umgab, und schaute über die Werks- und Lagerhallen, über das Bürogebäude, über die Geräteschuppen in die einbrechende Nacht, und es war alles wie sonst, abgesehen von den Lämpchen, die schon den ganzen Tag auf der Spitze der ›Sternwarte‹ brannten, Glaubens-, Aberglaubenszeichen, mit einem Blinken wie von den Positionslichtern eines Flugzeugs, wenn die im Dunkeln unsichtbaren Büsche vor dem Turm sich im Wind bewegten. Er wußte nicht, wieviel Zeit vergangen war, wußte nicht einmal, seit wann, ohne Anhaltspunkt, und wenn er versuchte, sich an die letzten Sekunden, Minuten, an die letzten Stunden zu erinnern, blieb stets von neuem nichts, und er stand da, ohne zu wissen, warum. Schließlich – es war wieder Zeit vergangen, so viel schien sicher –, im Geräusch eines in der Ferne vorbeiratternden Zugs, hörte er Schritte, unschlüssig, bevor ihm aufging, daß er es war, der sie verursachte, weit ausschreitend, über das Pflaster, auf das Ausgangstor zu, und wie er in den Knien einsank und mit einem Ruck seinen Körper verschob, mit hängenden Armen, mit nervös spielenden Händen, war es der Gang eines Revolverhelden in einem Western, wiegend, zugleich ein Seemannsgang, als müßte er von Augenblick zu Augenblick Angst haben, den Boden unter seinen Füßen zu verlieren. Das war nicht zu viel gesagt. Denn tatsächlich wankte er, und erst außerhalb des Fabrikgeländes kam er wieder zu sich, in der Allee, die, schlecht beleuchtet, schnurgerade vom Stadtrand ins Zentrum führte, eine Ein- und Ausfallstraße mit regem Verkehr, deren Bäume im Schein der sich nähernden Autos gespenstisch aufleuchteten, weiß bemalt die Stämme, ihre Enden, und wenig später, ›ausgeknipst‹, wieder verschwanden. Zwischen ihnen schienen Gestalten hin- und herzuwehen, Stimmen waren zu hören, unwirkliche, wirkliche, aus Wagen, die sich im Schrittempo heranpirschten, um gleichauf den späten Spaziergänger zu inspizieren, und wenn sie mit einem Satz regelrecht wegsprangen, schaute er ihnen lange nach. Einmal war es ein Mann, der ihn, unsichtbar auf der Bankette, anfuhr, mit einer Drohung, aus einem Versteck im Unterholz, und er hielt sich zurück. Ein anderes Mal war es ein Huschen im Gebüsch, ein Sausen in der Luft, ein

Kratzen auf dem Asphalt, ein Scharren, und ein Knallen weit, weit über ihm. Dann wieder waren es Hirngespinste, und er wußte nicht, ob er den noch zuckenden Kadaver einer Katze wirklich sah, oder ob er sich einbildete, ihn zu sehen, alles schien möglich, und als ihm gerade da ein Paar entgegenkam, eng umschlungen, ängstlich, sich umschauend, war es mit seiner Fassung vorbei, und er begann zu laufen, lief, zuerst noch bemüht, möglichst wenig Krach zu machen, schließlich klappernd, mit seinen harten Absätzen, und schaute sich selbst in einem fort um, es war das Wort ›Fadenkreuz‹, das ihm nicht aus dem Sinn ging, schaute nach links in die Schwärze, nach rechts, wo auf der anderen Seite ein Straßenstrich war und er die Damen, wie er sagte, nur an den Glutpunkten ihrer Zigaretten erkennen konnte, so weit weg standen sie, oder wenn sie aus dem Schatten traten, eine Zeitlang, und wieder zurückwichen, schaute nach vorn und nach hinten, über die stumpfe, an manchen Stellen, unter den vereinzelten Straßenlampen, wie regennaß spiegelnde Fahrbahn, und wenn er nach oben schaute, war es, je nachdem, ein Mückenschwarm oder nur die dichte Wolkendecke, die er sah, und manchmal nichts. (Der Ballon war längst abgetrieben, aus seiner Sicht sowieso, und mehr noch, viel mehr, aus seinem Bewußtsein.) Er lief, schwer atmend, mit einem Stöhnen ein-, mit einem Rasseln aus-, eine Hand, eine Faust in seinen Bauch gedrückt, und als er über den Bahndamm kam, über die Eisenbahnbrücke, so langsam, daß sein Laufen wie eine Parodie wirkte, sah er eine Weile nur mehr schwarze Punkte, die vor seinen Augen explodierten, in grellen Spritzern, und sein Sehfeld wieder und wieder in einen Goldregen tauchten, und er schien drauf und dran, nichts mehr zu erkennen, als er erkannte, wo er war, im Bahnhofs-, mitten im Vergnügungsviertel.

6

Als Franz Joseph Schatz nach einer Weile, in der er kopfschüttelnd dagesessen war, wieder ins Freie trat, schwebte der Ballon über dem Tal, unverändert, schien es, auf Höhe des Dorfs, und in der Dunkelheit war er gegen den helleren Himmel gerade noch zu sehen, ein Klecks über der scharf abgesetzten Linie der Berge. Es ging kaum Wind, und auf der windabgewandten Seite hinter der Hütte wirkte es mit einem Schlag wärmer, als es den ganzen Tag gewesen war. In der Luft lag ein Geruch nach Moder, ein Geruch von sumpfigem Abwasser, ein Gestank, der vom Müll kam, der über die Geröllhalde gekippt wurde, und wenn er sich von Zeit zu Zeit verzog, roch es nach Kohlen, von den Kohlesäcken, die unter dem Vorsprung des Dachs gelagert waren, nach Bier, aus den leeren Fässern, nach dem Saumpferd, das lautlos in seinem Bretterverschlag stand, und irgendwo, kaum erahnbar, nur mit viel Phantasie, hing ein Duft von Wiesenkräutern. Zu hören war nichts als das Rauschen des Bachs, einmal leiser, einmal lauter, wie von weit herangetragen, manchmal trotz der Ferne richtiggehend aggressiv, und paradox oder nicht, eher von oben als von unten aus der Schlucht. Dazu kam, daß es eigenartig nach Salz schmeckte, wie am Meer, und es war ein Geschmack von einer ›Körnigkeit‹ sondergleichen, der Assoziationen weckte an einen auf einer Herdplatte verzischenden, wie vor Schmerzen hin- und herrasenden Tropfen. Der Mond, der auf einmal zwischen Wolken hervorstieß, tauchte die Umgebung in ein künstliches, kalt violettes Licht, silbern, métallisé, wie vom Blitz eines Photoapparats, oder als sei der Blitz steckengeblieben, eine Science-fiction-Szenerie, alles unter Röntgenstrahlen, durch und durch durchleuchtet, daß die Dinge ihr wirkliches Antlitz zeigten, noch lebloser als sonst, und es kam augenblicklich alles zum Stillstand, nur hoch droben, am, oder genauer, im Himmel, eine Sekunde sichtbar, in der nächsten schon nicht, zogen mit ungeheurer Geschwindigkeit Schwaden dahin, so, als habe sich die ganze Energie des Alls in ihnen versammelt. »Ich wußte, daß ich nicht irgendwelchen Wahnvorstellungen, irgendwelchen Chimären aufsaß, und wie ich es wußte, aber es war einerlei, wenn das Pack in seiner Selbstzufriedenheit nicht wollte, und schließlich blieb mir nichts anderes übrig, als um Hilfe zu schreien, tatsächlich, ich schrie, ich schrie aus Leibeskräften um Hilfe, daß die Nacht zerriß und alles wieder in Bewegung kam.«

Das wirkte, natürlich, es mußte immer um Leben und Tod gehen, und wenn auch nur scheinbar, sonst ging's nicht, sonst ging nichts. Es war eine Handvoll Leute, zuerst, nicht mehr, die aus der Hütte stürmte, schreiend, als versuchte sie, ihres Schreckens Herr zu werden, drängend und stoßend, und wie sie die Treppe herabgestürzt kam, im wild hin- und herschwingenden Schein einer Taschenlampe, der einmal, jäh, über alle Gesichter strich, wie vom Licht eines Leuchtturms, einmal ins Unendliche stieß, schnell schwächer werdend, ein Kegel ohne Basis, im gedämpften Geräusch ihrer Schritte, hatte sie etwas Bedrohliches, etwas von den Mitgliedern eines Geheimbunds, eines militanten Ordens an sich. Sowie sie den Lehrer entdeckten, hatten sie ihn auch schon umringt, durcheinanderredend und -gestikulierend, und während sie ihm mit ihren Fragen zusetzten, stupsten sie, stießen sie ihn und gaben erst wieder Ruhe, als er, ohne etwas zu sagen, mit weit ausgestrecktem Arm auf die birnenförmige Aussparung in der Wolkendecke zeigte, den dunklen Fleck, etwas anderes war es nicht, und seelenruhig wartete, daß sich ihre Pupillen umstellten. Der Effekt konnte größer nicht sein, wie sie innehielten, wie sie einen Schritt vor-, einen zurücktraten, als könnten sie so ihren Blickwinkel verbessern, wie sie sich immer wieder über ihre Augen wischten, mit einer gehörigen Portion Theatralik, und loslegten, unglaublich, nein, wirklich unglaublich. Inzwischen, vom Tumult angelockt, waren die anderen, war der Rest nachgekommen, mit ihnen auch Felicitas und Philomena, und sie standen auf der winzigen Fläche dicht zusammen, manche schon ein paar Schritte die Böschung, den Abhang hinunter, stiegen, ohne es zu merken, durch Haufen Pferdeäpfel, sich aufeinander stützend, und als der Wirt, der mit seinem Personal dazugestoßen war, um Verdunkelung gebeten wurde und nur mehr hie und da ein Streichholz aufflammte, hie und da die Glut einer Zigarette, war es zum ersten Mal wirklich eine Festgesellschaft, in Erwartung eines Feuerwerks, oder vielmehr, es ging gerade los und steuerte in Sekundenschnelle seinem Höhepunkt entgegen, der anhielt, lang, lang anhielt und auf den Wangen aller Röte, Blässe, einen

Hauch von Erregung zurückließ. Dann, als einer ein Lied anstimmte, aus plötzlicher Ergriffenheit, aus einem verqueren Kameradschaftsgefühl oder nur aus Schabernack, summten, sangen viele mit, und es war ein richtiges Staatsereignis, als auf einmal die Hymne erklang, weithin hörbar, ›Deutschland, Deutschland über alles‹, während sie strammstanden und mit glänzenden Augen, voll von Hirngespinsten, nicht mehr sahen, was sie sehen konnten.

»Wir schauten zu, wie der Ballon langsam durch das Tal hereinschwebte, zuerst noch, solange er sich über den Bergen hielt, gut sichtbar, und als er absank, kamen ein paar Sekunden lang, gegen den Schnee, seine Konturen hervor und verschwammen augenblicklich wieder, und er war nur mehr ein Schatten, gegen den schwarzen Hintergrund der Felswände, einmal leicht, einmal weniger leicht zu erahnen, und als er an uns vorbeizog, auf der anderen Seite des Bachs, am Hang entlangschmierend, schien es, konnten wir nichts erkennen, keine Details, obwohl er nicht viel höher als auf Augenhöhe war, und nah, ganz nah das Flattern seiner Hülle, und wir wußten, wir würden ihn aus der Sicht verlieren, als er noch einmal von einem Aufwind erfaßt wurde und im Steigen auf die Grenze zu Italien regelrecht zutorkelte, auf die Gipfel mit ihren sehnsüchtig, schwachsinnig machenden Namen, Vordere, Mittlere und Hintere Hintereisspitze.« (Auszug aus den Memoiren.)

Im Bericht des Bergführers kam es, wenn er so weit war, stets von neuem zu einer plötzlichen Pause, und bevor er fortfuhr, schien er sein Publikum mit ein paar Blicken einschätzen zu wollen, wenn er es nicht kannte, unsicher, welcher Schluß ihm zuzumuten war, Version I, ›Der nächste Tag‹, Version II, ›Intermezzo‹. Was er auf den Jubiläumsveranstaltungen des Fremdenverkehrsverbandes erzählte, war klar, und genauso klar war es, wie er an allen möglichen Stammtischen immer wieder schwadronierte: »Wir hatten zusammen ein Zimmer, Felicitas, Philomena und ich, und es war eine Nacht, eine Nacht war es, zum Verrücktwerden.« Das schien die Version zu sein, die ihm das größere Anliegen war, und manchmal, wenn er sich richtig in sie verstieg, meistens angetrunken, kam es vor, daß er seine Zuhörer schlichtweg vergaß und alles noch einmal durchlebte, oder nein, nicht durchlebte, natürlich nicht, er malte sich in den billigsten Klischeebildern seine Phantasien aus und ging von Mal zu Mal weiter. Zuletzt war es so, daß sein ganzes Erzählen nur auf den stets gleichen Höhepunkt zielte, und er kürzte das unnütze Vorspiel mehr und mehr ab oder ließ es in manchen Fällen überhaupt weg, und wie eigens zu diesem Zweck zugelegt wirkte seine Macke, sich stets von neuem mit rhetorischen Fragen zu schmücken: »Ob das erzählenswert ist?« »Was es sonst noch zu erzählen gibt?« War es Altersschwachsinn? War es System? Wenn er ganz außer sich geriet, konnte man zuschauen, wie ihm der Speichel aus seinen Mundwinkeln tropfte, und sein Blick war nicht zurück-, er war nirgendwohin gerichtet und schien von nirgendwo zu kommen, während auf seiner Stirn in einem eigenartigen Zickzack eine Ader hervortrat, und wahrscheinlich war allein schon aufgrund seines Äußeren klar, aufgrund seiner Aura, ihres vollkommenen Fehlens, daß nichts von dem, was er sagte, so gut wie nichts, der Wahrheit entsprach.

Wir suchten uns Zimmer, in einem anderen Hotel, nicht im Hotel Post, um weitere unliebsame Begegnungen möglichst zu vermeiden. Der Anruf, den wir von der Hotelhalle aus machten, war nur mehr pro forma, ein Zeichen an die Ballonfabrik, nicht unbedingt ein Lebenszeichen, und was uns mitgeteilt wurde, daß der Ballon in Italien gesichtet worden war, war nicht dazu angetan, unsere Stimmung zu heben, im Gegenteil, es schien uns nur ein letztes Mal zu zeigen, daß in der Sache niemand mehr Kompetenzen hatte, niemand mehr die Zügel in der Hand. Dazu kam, daß es ohnehin schon egal war. Denn wir gaben zu der Zeit die Forscher verloren, und allein die Tatsache, daß wir das sonst verpönte Wort gebrauchten, ›Forscher‹, wenn wir von ihnen sprachen, und noch dazu ganz ohne Ironie, sagte viel und gab unserem Sprechen immer öfter den Anstrich eines hieb- und stichfesten Nachrufs. Da war es längst nur noch der Zipfel Irrationalität, der in solchen Situationen offenbar dazugehörte, wenn wir trotzdem noch hofften, wenigstens insgeheim, auch wenn wir uns schon gegenseitig zurückhielten, wenn zu abstruses Zeugs zur Sprache kam, Ursache-Wirkungs-Ketten ohne Anfang, ohne Ende, Mutmaßungen, Halb- oder nicht einmal Halbwahrheiten, mit geradezu sektiererischem Fanatismus, und am schlimmsten schien es, wenn wir nichts sagten, wenn wir, ohne etwas zu sagen, weitermachten.

In der Hotelhalle war ein unentwegtes Kommen und Gehen von Gästen, die meisten Kururlauber, ältere Semester, die betulich daherkamen, soweit es ihnen noch gelang, in der Haltung typischer Vertreter der guten Gesellschaft, die auf Schritt und Tritt Wert darauf legten, daß man es sah, oder tatterig, am Stock, Mann und Frau, Herr und Dame, sich gegenseitig stützend, und natürlich gab es auch Jüngere, gab es Mädchen am Arm von Scheintoten, Paare, die sich an der Rezeption als Vater und Tochter ausgeben mußten, als Großvater und Enkelin, mit getrennten Zimmern, selbstverständlich, und zwischen ihnen turnten livrierte Pagen umher. Die Fauteuils waren alle besetzt, mit aufrecht dasitzenden Vogelscheuchen, die sich nur darauf zu konzentrieren schienen, daß sie ihre Beine zusammengepreßt hielten und, weit vorgerückt, mit dem Rücken nicht die Lehne berührten, mit ihren sanft entschlummerten oder alles mit der gleichen Interesselosigkeit betrachtenden Begleitern, Bulldoggen- oder Boxerphysiognomien, oder es waren richtige Leutchen, über die Jahre einander gleich geworden. Da saßen sie, als sollten sie Statisten spielen oder nur Kulisse sein, und wenn einer oder eine aufstand und über die Teppiche auf die Toilette zuschlurfte, schauten die anderen nach, selbst die Schlafenden, schien es, wurden plötzlich wach und starrten vor sich hin, und es war, als wollten sie von einer Sekunde auf die andere in Applaus oder Häme ausbrechen. Die Bewegungen aller wirkten, als wären sie miteinander verbunden, mit einem unterirdischen Gestänge, einem Hebel- und Kurbelwellensystem, mit einem aufgezogenen Uhrwerk, wie von Figuren ohne eigenen Willen. Wenn einer sich rührte, rührten sich alle, wenigstens schien es so, und ihre Reglosigkeit, einen Augenblick später, war stets von neuem vollkommen. Dann wurde man nie den Eindruck los, daß sie die letzten Zucker taten, von Mal zu Mal unsicherer, und es war wie zur Geisterstunde, als plötzlich ein Radio einsetzte, Musik aus den versteckt installierten Lautsprechern, ein stolpernder Marsch, wie um das Quietschen der Mechanik zu vertuschen, und die halbblinden Wandspiegel rundum waren tatsächlich leer.

Die Herren schauten lange zu, und als sie genug hatten und sich zurückzogen, ging ich schnurstracks an die Bar, die, verborgen, wie ein verbotenes Etablissement in einem Hinterzimmer untergebracht war. Ich setzte mich auf einen Hocker, weit genug abseits von den üblichen Thekenbrüdern und Unglücksvögeln, die es offenbar überall gab, geben mußte, unabhängig vom Lokal und seinem Anspruch, etwas Bestimmtes zu sein, der alles erschlagenden Anspruchslosigkeit, und ließ meine Blicke unauffällig über sie streichen, über die paar schrägen Gestalten, und immer wieder über den Ober, der ein Ober war, wie er sein sollte, unablässig Gläser waschend, wischend, mit steinernem Gesicht, ein Steher, den nichts erschüttern konnte, auch nicht, wahrscheinlich nicht, wenn sich von Zeit zu Zeit einer ausheulen kam, mit seinem ganzen Schlamassel. Das war es, was ich augenblicklich dachte, in einer Mischung aus Zustimmung und Spott, und während ich Schnaps bestellte, eine Buddel, alles andere schien ein Fauxpas, und mir eine Zigarre anzündete, war es noch vor dem ersten Schluck, vor dem ersten Zug eine Wärme, die mich durchzog, eine Behaglichkeit, trotz aller Scheu vor dem Wort, ein Draußen-stürmt-und-schneit-es-und-wir-sitzen-in-der-warmen-Stube-Gefühl, wie ich es schon lange nicht mehr erlebt hatte, seit der Kindheit nicht. Da war alles andere weit weg, zum Lachen, zum Weinen oder solche Reaktionen nicht einmal wert, Demels Korrektheit, Degles Vertrauen auf die Machbarkeit von allem, so oder so, nichts war korrekt, und nichts, aber auch gar nichts war machbar, nicht mehr, und am ehesten schien noch Bergers und Gerbers Weltsicht, ihre Meinungslosigkeit, etwas mit der Welt zu tun zu haben. So trank ich auf das Schicksal der Ballonbesatzung, auf den Professor, den ich mir als einen Besessenen vorstellte, einen Mann, der, von der Wichtigkeit einer Sache überzeugt, keine Wahl hatte, ums Verrecken nicht, als ihr nachzugehen, und auf seinen Assistenten, vielleicht einen Jasager, vielleicht einen Karrieretypen, wer weiß, und je mehr ich trank, je mehr ich versuchte, ihre Situation nachzuempfinden, um so wohler wurde mir, ›weihnachtlicher‹. Denn die Dunkelheit, der ich nicht ausgesetzt war, wirkte heller als alles Licht. Die Kälte, die ich nicht spüren mußte, spürte ich, aber nicht als Kälte, natürlich nicht. Die Todesangst, die nicht meine war, schlug um in Lebenseuphorie, und es schien alles nur ein Balanceakt zu sein, ein Hin und Her zwischen verschiedenen Welten. Ich war ein Schweinehund, und mehr noch, stolz, einer zu sein, stolz allein schon auf den Satz, es sagen zu können, als hätte ich allen ein Schnippchen geschlagen, und Bedenken rückte ich mit Plattheiten zu Leibe, Beteuerungen, daß es nicht meine Schuld war, wenn die beiden krepierten. Hatten sie sich's nicht selbst ausgesucht? Mit der üblichen Abruptheit, von einer Sekunde auf die andere, stieg mir der Alkohol zu Kopf, und es war erhebend zu spüren, wie er sich ausbreitete, wie er mich flutete, so kam es mir vor, in einem ganz eigenen Blutsystem, dem ›Sitz der Seele‹. Während ich mich mit zusammengekniffenen Augen umschaute, gerann mir, was ich sah, zu Farbklecksen, wie auf den Bildern von Impressionisten, und es wurde immer abstrakter, ging durcheinander, einmal schien alles mit allem zusammenzuhängen, einmal nichts mit nichts. Die Gesichter der Anwesenden, aufgeblasen, aufgebläht, geradeso, als herrschten andere Schwerkraftverhältnisse, schienen zu schweben. Ihre Körper waren wie in einem Spiegelkabinett verzerrt, entweder die von langen Lulatschen, mit Knicken an den unmöglichsten Stellen, oder kugelrund, und ihre Gliedmaßen, ihre Arme und Beine, entweder fehlten sie, oder sie waren wie Tentakel von Insekten. Dazu kam ein Laut, wie ich ihn noch nie gehört hatte, wahrscheinlich das sprichwörtliche Rauschen der Stille, wie von einer riesigen, mit einem Klöppel angeschlagenen Metallscheibe, ein Ton, dessen Besonderheit nicht so sehr in seiner Höhe, in seiner Tiefe, als in seiner Dauer lag, ohne Begrenzung, schien es, daß ich mich gegen die Stimmen wehrte, Stimmen, die mir nur allzu bekannt waren, Stimmen, die ihn auf einmal von allen Seiten zu zerreißen drohten. (Die Herren waren noch auf einen ›Schlummertrunk‹ gekommen.)

Als ob der Ballon in ein anderes Kraftfeld geraten wäre, mit anderen physikalischen Gesetzen, sanken wir auf einmal rasch, rascher, als wir gedacht hatten, rascher, als uns lieb sein konnte, und es war richtig zu spüren, ohne Beweis, ohne Barometer, daß die Sink-, die Sturz-, die Fallgeschwindigkeit stetig zunahm, so sehr, daß wir uns beeilten, ein paar Säcke Ballast auszuschleusen. Das hatte den gewünschten Effekt, und sie schwebten nach ein paar Schrecksekunden verzögert weiter. Wir verminderten den Innendruck – wir ließen einen Teil des so lange so kostbaren Sauerstoffs durch einen Hahn ins Freie –, und als es so weit war, Innendruck gleich Außendruck, öffneten wir die Einstiegsluken, und was wir, ohne etwas zu sehen, ohne etwas zu hören, mit wer weiß welchen Sinnen wahrnahmen, war zuallererst die Weite, oder nur die ganz andere Stille des Raums. Die ganz andere Luft, sämiger, ohne den metallenen, schalen Geschmack der Kabinenluft, schoß in ihre Lungen, und sie taten ein paar Augenblicke lang nichts anderes, als atmen, halb benommen dastehen und atmen, zuerst gierig, unregelmäßig, mit Aussetzern, nach und nach regelmäßig, und ihre Schreie, auf einmal schrien sie, waren Geburtsschreie. Wir gewöhnten uns, vom Taschenlampenlicht geblendet, nur langsam an die Dunkelheit und sahen nicht weit unter uns, zwischen Wolkenschwaden, Berggipfel, und über uns waren Sterne, klar, wie wir sie noch nie gesehen hatten, Gruppen, Grüppchen, so dicht nebeneinander, daß sie sich nicht mehr auflösen ließen, Milchstraßen, während schlagartig unser Gehör einzusetzen schien, und wir hörten das Rauschen des Fahrtwinds. Das alles geschah innerhalb von nur ein paar Sekunden, und als sie sich ansahen, war es wie von weit her, als wäre wer weiß wieviel Zeit vergangen, und sie warteten, der Professor mit einem Lächeln, das dem Lächeln eines Verrückten glich – »Wollen wir überhaupt zurück?« –, während der Assistent hin- und hergerissen war zwischen Lachen und Weinen und, so gut es ging, versuchte, seine Tränen zu verbergen. (Ich erinnerte mich an die Worte, die mir mein Turnlehrer- und Reserveoffiziervater zum Abschied mit auf den Weg gegeben hatte, auf ein Blatt Papier geschrieben – HE TURNED INDIAN –, um nur nicht sein schwerzüngiges Englisch unter Beweis stellen zu müssen, und daß mir das nicht passierte, und er setzte zu einer langen Erklärung an, daß es ein unter Forschern, die sich Monate in der Arktis oder Antarktis aufhielten, üblicher Spruch war, wenn einer überschnappte und nicht mehr zurück wollte, nicht wollte oder nicht konnte, und es waren sichere Zeichen, wenn er stundenlang wie ein Pinguin dastand und aufs Treibeis hinausstarrte, rohen Fisch in sich hineinstopfte oder mit Flatterbewegungen seiner Arme daherkam, und noch sicherer, wenn er auf einmal in allen Schreckschrauben, in allen Eskimofrauen Schönheiten sah.)

»Der Morgen graute, als der Führer nach einem Sturz im Schnee liegenblieb und mit nervös zwinkernden Augen versuchte, den Kuraten zu sehen, vergeblich, schien es, vollkommen vergeblich, so sehr er sich bemühte.« »Der Kurat erteilte ihm die letzte Ölung und sank weinend über dem leblosen Körper zusammen.« »Es schneite.« Bevor der Professor die Zeitung wieder zerknüllte und achtlos auf den Boden warf, las er zur Verwunderung des Assistenten, wie er nur konnte, noch einmal laut vor: »Was heißt Schuld? Ich weiß nicht, ob es meine Schuld war, und es ist nichts damit getan, es ist nichts gut, es ist nichts mehr wieder gut zu machen, wenn ich sage, mea culpa, mea culpa, mea maxima culpa, im Gegenteil, es steckt nichts dahinter als die Hoffnung des Pharisäers auf die letztendliche Absolution. Soll ich zur Beichte gehen? Soll ich zu mir selbst zur Beichte gehen? Soll ich springen? Soll ich mich stoßen lassen? Was ist der Unterschied? Ich will nicht, nein, ich will nicht Gerechtigkeit, ich will nur, daß man mir zuhört. Ich will alles erzählen, von Anfang an, vom Ende her, es ist egal. Denn die Anklagen sind nicht Anklagen gegen mich, es sind Anklagen gegen Gott und gegen seine Ungerechtigkeit, und wer nach Buße schreit, ist selber schuld.« »Das kennen wir schon«, unterbrach er sich, »und wie wir das kennen. Das scheint der Anfang zu sein, das Plädoyer des ehrenwerten Herrn.«

In der Dunkelheit entdeckten sie unter sich einen dicht zusammengedrängten Haufen von Lichtern, wahrscheinlich ein Dorf, windverweht, wenigstens gerieten die Punkte stets von neuem in ein eigenartig unstetes Flackern, und während der Professor sich weit aus einer der Einstiegsluken beugte und mit der Taschenlampe SOS-Zeichen blinkte, ließ der Assistent es sich nicht nehmen, immerhin gesichert, am Seil, aus der Kabine auf das Dach der Gondel zu klettern, und er hantelte sich, eng ans eiskalte Metall gepreßt, die Griffe entlang, als sei er sein eigener Stuntman, und kehrte nach ein paar kläglichen Hilferufen wieder um. Da standen wir, der eine, als könnte er es nicht glauben, der andere, als hätte er es immer schon gewußt, nicht Kleinigkeiten, nein, daß die Welt so schlecht war, wie sie war, während die Lichter langsam in der Ferne verschwanden. Die Berge schienen zum Greifen nah, auf Augenhöhe, und sie konnten ihre Grate und Kare erkennen, glänzend, Gipfelkreuze mit und ohne Strahlenkranz, und es war ein riesiges Maul, das sie verschlang, mit seinen von Horizont zu Horizont sich ziehenden Zahnreihen mit ihren schlecht aufgesetzten, in Zungen auslappenden Schnee- und Eisplomben, mit den Kariesrissen und -schründen ihrer Rinnen, die sich entweder dunkel in der Finsternis verloren oder milchig weiß waren von den darin schäumenden und stiebenden Bächen. Wir schauerten vor dem Anblick zusammen, so abweisend war er, so abweisend war der Wind, der durch uns durchging. Dazu kam, daß es immer dunkler wurde, Meter um Meter, und es war schwarz, wenn der Mond sich verzog. Der Himmelsausschnitt, den wir über uns sahen, wenn wir ihn sehen konnten, wurde kleiner und kleiner, ein langgestrecktes, verzerrtes Deltoid mit sich stumpfwinklig schneidenden Diagonalen, und als der Ballon mit seiner an manchen Stellen, vor allem am unteren Ende, schon platten Hülle sich auf einmal zu drehen begann, war es, als wäre er an ihnen aufgehängt, wie eine Marionette an ihren Stäben, und die ineinander verwickelten Fäden entwirrten sich langsam. (»Höhe 3000 m, nicht mehr«, schrieb der Professor ins Bordbuch, und es war seine letzte Eintragung: »Wir kommen ins Schlingern.«)

Da war es, plötzlich, noch mitten in der Drehbewegung, daß sie Stimmen hörten, einmal leiser, einmal lauter, oder vielmehr, sie glaubten sie zu hören und wagten nicht, es sich einzugestehen, und als es nicht mehr Stimmen waren, als es umschlug und ein Singen wurde, versuchten sie, es zu ignorieren, und ertappten sich ein ums andere Mal pfeifend, die Hymne, tatsächlich die Hymne, die sie hörten oder nicht hörten, so oder so, nicht hören wollten, und sie pfiffen sie mit, pfiffen dagegen, pfiffen und pfiffen, auf einmal voll Entsetzen: »Wir verlieren noch im letzten Augenblick unseren Verstand.«

Dann ging alles schnell, und eh' wir uns versahen, setzten wir schon auf, weich, kaum daß wir die Berührung mit dem Boden spürten, und die Gondel glitt über ein steiles, unter einer senkrechten Felswand steinübersätes Harschfeld, funkensprühend, und es war ein Krach, das Kratzen der

Steine, eine gehörige Dosis, eine Überdosis in unseren entwöhnten Ohren, bevor der Ballon noch einmal abhob, oder vielmehr, er rutschte über eine Kante und kam mit Ach und Krach ins Schweben. Waren es Minuten? Waren es Sekunden? Sie überquerten ein Tal, als Zugabe, so kam es ihnen vor, und während sie wieder Ballast gaben, den Sand nicht mehr ausschleusten, sondern mit den Säcken hinauswarfen, um nicht an dem sich drohend nähernden Abhang auf der anderen Seite zu zerschellen, redeten sie auf einmal wild durcheinander – »Ich brech' mir lieber das Genick als das Rückgrat, und Sie?« –, wahrscheinlich ohne zu wissen, was sie sagten, nur um ihre Angst loszuwerden: »Unsinn. Was soll das?« Es war ein Schlag, der uns niederstreckte, als wir landeten, und bevor wir auch nur daran denken konnten, etwas zu tun, rumpelte das ganze Inventar, Instrumentarium, alles, was nicht niet- und nagelfest war, auf uns herunter, und schließlich, noch ein paar Hüpfer, wir saßen zusammengekauert, unsere Köpfe unter unseren Armen geschützt, da, und während wir uns aufrappelten, spürten wir, wie wir in der Horizontalen weiterbewegt wurden, schwebend, schien es, und doch auf Grund. Da zögerten sie keine Sekunde, und während der Professor das Schlepptau mit dem Anker warf, zog der Assistent an der Reißleine, und sie kamen augenblicklich zum Stillstand. Wir konnten es nicht glauben und wagten kaum, uns zu rühren. Draußen tat sich eine im Mondschein grünlich gelb glänzende Gletscherlandschaft auf, über ihnen, unter ihnen Eisbrüche in den phantastischsten Formen, Spalten, parallel, wie die Kiemen eines Riesenfischs, und ihr Platz, eine Mulde, nicht größer als ein Fußballfeld, schien die einzig sichere Stelle weitum zu sein. Wir stiegen aus, und wir stiegen wie auf einen anderen Planeten, ein anderes Gestirn, wie auf den Mond, wir sprangen in den Schnee, oder viel abstrakter, in sein Glitzern, als würden wir ins Glück springen, mitten hinein. Sie sanken in die Knie und sahen zu, wie die Gondel sich, ohne ihr Gewicht, zur Seite neigte, wie die Hülle zusammensackte, und erst nach und nach schien die Zeit wieder weiterzugehen. Zweiundzwanzig Uhr auf dem zerschmetterten Bordchronometer. Wir wußten nicht, wo wir waren, wir wußten nur, auf der Welt, und wir lagen uns weinend in den Armen.

Das Gewitter, das Augsburg noch vor Mitternacht erreichte, schien sich genau über dem Gelände der Ballonfabrik, am Stadtrand, zu entladen. Zuerst war es windstill, und der Wind, der auf einmal aufkam, schien am Anfang nur aus einem Zittern der

Luft zu bestehen, einem unsteten, unschlüssigen Hin und Her, einem vagen Vibrieren, und als es richtig losging, trieb er schon alles mögliche Zeugs vor sich her, als sei er nicht echt, von einem Gebläse gemacht, ein Filmwind. Die Büschel, die im Hof aus den Fugen des schadhaften Pflasters sprossen, schienen sich unter ihm zu sträuben, schienen an ihren Wurzeln zu zerren, als wollten sie los, oder trieben, wenn er, wie um Kraft zu sammeln, einen Augenblick ausließ, wie Algen hin und her. Dazwischen drehten sich immer wieder Sandspiralen, reibungslos leicht über dem Boden, hielten in allen möglichen Formationen inne, Verbänden wie aus einem Astronomielehrbuch, und waren weggeblasen, noch ehe sie richtig sichtbar wurden. Die elektrischen Laternen, so weit voneinander entfernt, daß sich ihre Lichtkegel gerade berührten, kamen ins Flackern, während die Lämpchen auf der Spitze der ›Sternwarte‹ unwirklich starr wirkten. Die Gebäude rundum, die Werks- und Lagerhallen, das Bürogebäude, die Geräteschuppen, schienen von Zeit zu Zeit, wie von Erdstößen bewegt, zu erzittern, schienen vor dem Hintergrund einander jagender Wolken hin- und herzuschwanken, und es war, als seien sie nahe am Kippen. Es roch nach Schwefel, es roch nach Schießpulver, und der Geruch, der sonst in der Luft hing, war ein typischer Laborgeruch.

War es Brom? War es Jod? Oder was war es, ein Element im Periodensystem oder irgendein Mischmasch? Der erste Knall, so oder so, schien weniger die Folge einer elektrischen Entladung als die einer chemischen Reaktion zu sein, einer Explosion, deren Druckwelle sich in Sekundenschnelle über das ganze Areal ausbreitete. Da war es, als ob einen Augenblick alles aussetzen würde, alles, das heißt, der Fortgang der Dinge, ehe es mit einem Schlag anfing zu regnen, dicht, in dünnen Fäden, daß die Nacht eigenartig strichliert und strichpunktiert war, ein Gewebe aus zerrinnenden Nähten. Danach, paradox oder nicht, schien der erste Blitz wie eine Leuchtrakete, tatsächlich von unten nach oben, in die Dunkelheit zu steigen, und in seinem Licht, grell im Zentrum, bläulich fahl an den Rändern, wirkten die Umrisse der Dinge, was auch immer es war, wie mit Kohle gezeichnet, während ihr Inneres gleichzeitig verblaßte, verbrannt, schon verkohlt, schien es. Dann blitzte und donnerte es wild durcheinander, wie von einem Feuerwerk, Kanonenschläge, einmal klar abgesetzt, einmal stolpernd, sich überschlagend, es waren Schüsse, es war Maschinengewehrknattern, es war schwere Artillerie, in einer ausgesprochen künstlichen Beleuchtung, und von Zeit zu Zeit riß der Himmel regelrecht auf, in Zickzacklinien entlang einer Horizontalen, aus der

Nähe, aus der Ferne entlang der Erdkrümmung, wenigstens wirkte es so, wie ein mit einem stumpfen Messer ausgeführter Schnitt im Hintergrund, in der Leinwand, die den Hintergrund bildete, und in den Rissen sah ein Betrachter, wenn es überhaupt noch einen gab, seit auch der Telephonist nach Hause oder wer weiß wohin gegangen war, nichts, zum Glück nicht, sah, geblendet, nicht, was, vielleicht eine Welt ohne Menschen, sah nicht, daß nichts dahinter war.

In konzentrischen Kreisen, oder nein, es waren Spiralen, ohne in seiner Intensität abzunehmen, ohne an Energie einzubüßen, im Gegenteil, er schien stärker und stärker zu werden, breitete sich der Wirbel von seinem Mittelpunkt einerseits, ohne etwas anzurichten, über die Felder vor der Stadt aus, über das weithin unverbaute Gebiet, das gleich außerhalb des Fabrikgeländes begann, andererseits über die Stadt selbst, und was er da anrichtete, war nicht der Rede wert, auch wenn es später hieß, daß er alles, was in Reichweite lag, dem Erdboden gleichmachte, wie eine Feuersbrunst, und tatsächlich ging das Gerücht von einem Hurrikan, und man gab ihm sogar einen Namen. Dabei war es nichts als ein ganz gewöhnliches Unwetter. Die Wiese auf der anderen Seite des Fabrikkanals mit ihrem wie von einem Hubschrauber im Tiefflug geplätteten Gras ersoff fast im Wasser, von einem Augenblick zum anderen, so schnell ging es, und an ihrem Rand verschwanden die dort stehenden Fabriken mit ihren teilweise noch rauchenden Schloten, nachdem zuvor schon der Rauch verschwunden war, und zurück blieb nur eine Flamme, die in der Dunkelheit zu tanzen schien, unruhig hin und her, mit einem Kranz, einer Korona, die eigenartig durchsichtig war. Wie Hagel schlug der Regen gegen die Backsteinmauern, und die Tropfen sprangen, spritzten unzerstört zurück, mit einem kaum hörbaren Klirren, oder glitten überhaupt ab, wie, größer, Sandsäcke abgleiten würden. Im Nu wirkten die Straßen, die ins Zentrum führten, ausgeschwemmt, wie Bachbette, wenn sie keine Bäume hatten, mit den am Straßenrand abgestellten, schwarz glänzenden Wagen, unverrückbaren Felsblöcken ähnlich, wie abgeschliffen, abgerieben, mit den Rundungen ihrer Kotflügel und Kühlerhauben, mit den sanften Formen ihrer Hecks, mit ihren blitzblanken Scheiben, und die Alleen waren voll Blätter, ganze Haufen entlang der Bordsteinkanten, vom Wind durcheinandergewirbelt, wie im Herbst. Die Wasserfontänen, die von den vorbeifahrenden Autos manchmal meterhoch aufstiegen, sprangen als Gischt gegen die Fenster der angrenzenden Häuser, zumal im Parterre, und verwischten ein paar Augenblicke lang die Sicht, hinaus wie herein, hinein wie heraus, und was dann zu sehen war, war auch nicht viel, ein paar verschreckt hin- und herhuschende Schemen. Sonst nichts, kein Mensch, niemand. Denn es war die Stunde des Beischlafs – so getragen muß man es sagen –, zweiundzwanzig, dreiundzwanzig, vierundzwanzig Uhr, wie es sich gehörte, und wahrscheinlich ging es drunter und drüber, unter dem unaufhörlichen Blitzen und Donnern – Scheinwerfer und Tusch –, mit sich paarenden Arbeitern und Arbeiterinnen, Bürgern und Bürgerinnen, oder durcheinander, in allen möglichen Kombinationen, und was herauskam, wenn überhaupt etwas, war nur eine Schar Kinder, Schlechtwetterkinder, schon sprichwörtlich, was nichts anderes hieß als ›Ausschußware‹, schlecht gemacht, zusammengeschustert, -gestümpert, Querulanten, genau die gleichen Querköpfe, wie die ›Macher‹ waren. In irgendwelchen Kuschelecken bekam zweifelsohne auch das alte Gerücht Nahrung, daß es, wie überall, zwischen den Klöstern, Männer- wie Weiberorden, unter-, überirdische Verbindungsgänge gab, mit Kapellen, so hießen die Séparées, nichts anderes waren sie, wo sich die Maulwurfmönche und Maulwurfnonnen zu ihren Stelldicheins trafen, und von da an ging es wortwörtlich weiter, mit Zitaten, ›der Sünde anheimfallen‹, ›sich im Dreck suhlen‹, ›dem Satan nicht widerstehen‹, weil man mit anderen Worten nicht zurechtkam, und erst wenn von Buße die Rede war, oder davon, daß sie sich an die Kandare nahmen, kehrte wieder ein unangestrengter, sozusagen normaler Ton ein, gerade gut genug, Mutmaßungen über Ursache und Wirkung anzustellen, was zuerst war, der Frevel, wie es hieß, oder die Strafe des Herrn. Zuletzt schien sich alles über dem Münster abzuspielen, tatsächlich, als sei es unter Beschuß, und wie es im Zucklicht immer wieder aus dem Dunkeln tauchte, wirkte es, ob man es wahrhaben wollte oder nicht, als ob es sich bewegen würde, ein riesiges Schiff, kieloben, eine Arche Noah, gekentert, nicht daß der Vergleich etwas hergab, nur so viel, daß auch diese Geschichte endlich richtig erzählt war, endlich mit dem ihr angemessenen Ende, ohne Heils- und Rettungsphantasien, und wie es dahintrieb, geräuschlos oder mit Geräuschen, die im allgemeinen Durcheinander untergingen, war es nicht zu viel gesagt, daß die ganze Welt auf dem Kopf stand.

7

Der Professor und der Assistent erwachten noch in der Dunkelheit, oder vielmehr, sie waren die ganze Nacht, in die Ballonhülle gewickelt, mehr oder weniger wach gewesen, von Zeit zu Zeit eingenickt und augenblicklich wieder aufgeschreckt. Zu erregt, immer noch, und gleichzeitig zu müde, um zur Ruhe zu kommen, waren sie nebeneinander gelegen, Kopf an Kopf, und hatten sich sprechen gehört, wie unter Schock, wild durcheinander war alles mögliche aus ihnen heraus-, hervorgesprudelt – sie wußten später nicht zu sagen, was, es war auch egal –, und am Ende hatten sie nur so getan, als würden sie schlafen. Als ein kräftiger Wind aufgekommen war, waren sie eine Zeitlang in die Gondel übersiedelt, zusammengekauert hinter den zugeklappten Einstiegsluken gesessen und so schnell wie möglich zu ihrem Lager zurückgekehrt. Dort hatten sie sich wieder hingelegt, mit geschlossenen, mit weit offenen Augen, und über ihnen war der Fixsternhimmel weitergerückt wie in einem Planetarium, Stufe um Stufe, schien es, Stunde um Stunde. Bis sie sich erhoben und vor Kälte augenblicklich auf der Stelle traten, hin- und hertänzelten, daß ihnen warm wurde, und in der Wärme wich der angespannte Ausdruck aus ihren Gesichtern, und sie sahen sich an und lachten. Dann tranken sie den Sekt aus der mit einer rosaroten Schleife mit der Aufschrift HERZLICHEN GLÜCKWUNSCH verzierten Flasche, die die Bruchlandung, wie sie sagten, in ihrem Gepäck überlebt hatte, prosteten sich immer wieder gegenseitig zu, und zwischen Ernst und Unernst hin- und herschwankend, einmal rülpsend, was das Zeug hielt, dann wieder von plötzlichem Pathos übermannt, das sie die unwahrscheinlichsten Dinge tun ließ, Stichwort ›Schiffstaufe‹, warteten sie. Als es nach und nach hell wurde und der Gletscher im Dämmerlicht zu Leben erwachte, wenigstens schien es so, als sein Panzer langsam sichtbar wurde, zuerst grau in grau, schließlich in allen möglichen, graugetönten Farben, breiteten sie, mit den übriggebliebenen Sandsäcken beschwert, in der Nähe des Ballons die Signalflagge aus, seilten sich provisorisch an und gingen los, auf den Rand zu, der Professor voraus, Schritt um Schritt sondierend, der Assistent am gespannten Seil hinter ihm her, und sie waren noch nicht weit gekommen, als in ihrem Rücken die Sonne aufging.

Zu der Zeit war Franz Joseph Schatz mit Felicitas und Philomena längst schon auf dem Weg, ihnen entgegen, nach einer schlaflosen Nacht, in der er den beiden ununterbrochen zugesetzt hatte, mit Bitten und Betteln, ein Schafskopf mit entsprechendem Durchhaltevermögen. Stets von neuem zurückgewiesen, war er in aller Früh aufgestanden und, ohne etwas zu sagen, auf Zehenspitzen ihnen voraus aus der Hütte geschlichen. Draußen war der Mond gerade untergegangen, und er war im Licht einer Taschenlampe zügig ausgeschritten, ohne sich um sie, ohne sich um den schnell größer werdenden Abstand zu kümmern. In der aufgehenden Sonne hatte er auf einer Anhöhe gewartet und, als sie näher gekommen waren, so getan, als würde er sie nicht sehen, als würde er nur die Gletscher absuchen, die sich vor ihm ausgebreitet hatten. Ohne sie eines Blicks zu würdigen, war er dagestanden, und ohne sie eines Blicks zu würdigen, stand er immer noch da, als sie auf einmal in Schreie ausbrachen und mit ihren Fingern zeigten, und als sie endlich sagten, was sie meinten, sah er ihn schon, den Ballon, in einer Entfernung von vielleicht einem Kilometer, nicht mehr, die ausgebreitete Hülle, gelb, die Gondel, schwarz, ein Quadrat, wer weiß, was es war, rot, und er schaute und schaute.

Der Direktor saß am Frühstückstisch, als das Morgenblatt, eine Extraausgabe der Augsburger Zeitung, durch den Türschlitz geworfen wurde, und ein Blick auf die Schlagzeilen war ihm genug. Bevor er Zeit hatte, hineinzublättern, ging die Küchentür auf, und seine Frau trat ein, im Bademantel, mit gerötetem Gesicht und einem Lockenwicklerarrangement auf dem Kopf, das hin- und herschwankte, und während sie Platz nahm, zog sie ein Necessaire aus der Tasche und begann mit ihrer Maniküre, veranstaltete ein richtiges Zeremoniell, wie sie ihre Hände, ihre Finger inspizierte, ohne ihn auch nur einmal anzusehen. Während er sie in einem fort ansah. Wortlos tranken sie ihren Kaffee, wortlos aßen sie ihre Brötchen, er, als sei es seine Henkersmahlzeit, sie wie eine Grand Old Lady, mit spitzem Mund, mit sparsamen Bewegungen, ohne Zweifel ihre Masche, und als er aufstand und sich davonstehlen wollte, genauso wortlos, mit einem Kopfnicken, möglichst schnell ins Büro oder sonstwohin, erwischte sie ihn an der Schwelle mit ihrer unvermeidbaren Frage, wo er so lange gewesen war, und als er nur achselzuckend dastand, wurde sie deutlich: »Du warst mit einer Schlampe zusammen.«

Als Demel, Degle, Berger und Gerber nacheinander in die Hotelhalle kamen, war der Chauffeur schon da, und es schien, als wollte er von Anfang an das Kommando übernehmen, wie er in seinem Fauteuil saß, leger zurückgelehnt, eine Zigarre in der Hand, und sagte: »Ich habe schon mit Augsburg telephoniert, und es scheint zum ersten Mal zuverlässige Meldungen zu geben, nach denen der Ballon im Schnalstal abgestürzt ist, in Italien, unmittelbar an der Grenze zu Österreich.« Das schlug ein, und wahrscheinlich wußte er, daß es einschlagen mußte, und genoß das Durcheinander, das entstand. »Wir sollen eine Maschine chartern und alles unternehmen, was in unserer Macht steht, um Gewißheit zu erlangen.«

Der Professor und der Assistent hatten aus eigener Kraft die Seitenmoräne des Gletschers erreicht, als sie auf Franz Joseph Schatz und Felicitas und Philomena stießen. Es konnte keine Rede davon sein, daß sie gerettet wurden, wie es später immer wieder hieß, und es war genauso übertrieben, ihre Orientierungslosigkeit als Verwirrung zu bezeichnen. Sie staunten, als sie hörten, wo sie waren. Sie erzählten die Geschichte, die sie noch so oft erzählen sollten, der eine schon mit der ihm später eigenen Zurückhaltung, der andere, als wollte er ein Heldenepos daraus machen. Als sie sich ausgeruht hatten, schlug der Lehrer vor, vorauszugehen, und während er im Laufschritt verschwand, machten sie sich mit den Mädchen langsam auf den Weg. Die Gerüchte, sie hätten es so gewollt, um mit ihnen allein zu sein, von Klatschblättern tatsächlich verbreitet, sie hätten im Augenblick ihrer Rettung nichts anderes im Kopf gehabt als das eine, wie es hieß, waren so absurd, daß nicht einmal die leichtgläubigsten Idioten sie glaubten, und schließlich, unter dem Druck aufgebrachter Leser, die in der Landung ein ›Ereignis von nationaler Tragweite‹ sahen, mußten sie sogar revidiert werden. Sie gingen schweigend dahin, und als die Hütte in Sicht kam, sahen sie die Festgesellschaft den Hang dahinter heraufkommen, eine Horde von Leuten, die ihnen entgegenwogte, und sie konnten von weitem schon ihr Keuchen hören, sie konnten hören, wie sie zwischendurch sprachen, und hörten sogar, was, als der Wind auf einmal umschlug.

Es war später als gewöhnlich, als der Direktor die Fabrik erreichte und, ohne sich von den in Scharen am Eingangstor wartenden Zeitungsmännern auch nur einen Augenblick aufhalten zu lassen, in sein Büro eilte. Die Sekretärin war außer Rand und Band und sprudelte nur so vor sich hin, egal, schien es, was davon ankam, Hauptsache, sie wurde es los, und während er zu- und gleichzeitig weghörte, wußte er schon, wahrscheinlich, was zu tun war, nichts, sie reden und reden lassen, und Schwamm über alles. Als er im Vorzimmer den Telephonhörer abnahm und neben den Apparat legte, sah sie ihn dankbar an, dankbar und bewundernd, und als sie von neuem ansetzte, etwas zu sagen, zog er sich, so schnell es ging, zurück. Da saß er, seinen Kopf schwer in die Hände gestützt, als würde er einem Bildhauer Modell sitzen, der ihn in Stein meißelte, als Mahnmal, so ruhig, so still, so leblos war er, wenigstens eine Weile, und schließlich, als er sich in Bewegung setzte, mit Schnapsflasche und Schwenker, aufs Kabinett zu, klopfte es, und er stand wie ertappt mitten im Raum und sah wortlos zu, wie die Tür aufging. Er blinzelte, und es war ein kaltes, künstliches Blinzeln. Er räusperte sich, und sein Räuspern klang wie automatisch verstärkt. Dann sprach er, sprach, sprach und sprach, und es waren nur Phrasen. An der Schwelle stand die Frau des Professors, stand da, ganz in Schwarz, mit ihren Kindern, mit ihrem Sohn, in einen schwarzen Anzug gezwängt, wahrscheinlich war es sein Erstkommunionsanzug, mit ihren Töchtern, die in Trachten steckten, in allen Farben, und links und rechts von ihren Puppengesichtern hingen ihnen die Zöpfe über die Schultern, so starr wie die unvermeidlichen Handtaschen in ihren Armbeugen, und während er sie ansah, eine nach der anderen, Helen, Elena, Anna Emilia, verging peinlich viel Zeit. Wie hieß er, der Junge? »Madame.« »Wir wissen immer noch nichts.«

Es ging gegen Mittag, als Franz Joseph Schatz, vor Erschöpfung ganz weiß im Gesicht, ins Dorf stürzte, unter den Blicken der Bauarbeiter von einem Haus zum anderen stolperte, eintrat, zuerst im Hotel, und augenblicklich wieder herauskam. Er suchte den Postler, so viel schien klar, von Mal zu Mal unwilliger, und schließlich, als er auf ihn stieß, auf einen übernächtigen, nach Schnaps, Zigarettenrauch und wer weiß was sonst noch stinkenden Brabbler, war er außer sich, und er zog und zerrte ihn aus der Gemischtwarenhandlung. Wie einen Hund trieb er ihn vor sich her in die

Dienststelle, die in einem Seitentrakt des Hotels untergebracht war, und trug ihm auf, Augsburg anzurufen, Siegfried Kaltenegger und Söhne AG, und als er sah, daß er stockbesoffen war, nahm er es selbst in die Hand und meldete, sowie er die Verbindung hatte, das Ereignis, vor Aufregung stotternd, sich überschlagend, im Telegrammstil, und es war nicht genug, er konnte nicht anders, als es ›österreichweit‹ an alle Tageszeitungen zu melden. Der Dienststellenleiter, wie er ihn schon spöttisch nannte, schlief, schnarchte vor sich hin, als er ins Freie trat, in einen Schwarm von Kindern, die aus der Schule kamen, aus den Religionsstunden des Pfarrers, und ihm mit einem verstohlenen ›Grüß Gott, Herr Lehrer‹ auswichen, und er übersah sie, so gut es ging, übersah auch das Hoteliersgespann, das Arm in Arm, wahrscheinlich um sich gegenseitig zu stützen, auf ihn zusteuerte: »Wie wär's mit einem Spielchen?«

Inzwischen saßen der Professor und der Assistent längst schon in der Hütte, Felicitas und Philomena links und rechts von ihnen, mitten in der Festgesellschaft, die sich einmal mehr, einmal weniger bemühte, das Ereignis zu einem deutschen Ereignis zu machen. Die Trinksprüche, die über den Tisch gingen, wurden immer verwegener, immer anmaßender, und wenn sie sich nicht wehrten, so nur, weil es ihnen zu viel war, es war schon genug, daß sie stets von neuem den Runde um Runde angeschleppten Schnaps abwehren mußten. Eingeklemmt, eingezwängt, im Zentrum, wirkten sie wie nicht dazugehörig, und wenn sie etwas sagten, wenn überhaupt, nach dem obligatorischen Bericht, wandten sie sich an die Mädchen, oder sie sprachen miteinander, geradeso, als sei sonst niemand da, als seien sie immer noch in der Gondel. Der Wirt hatte den Kachelofen überheizt, daß das Ofenrohr glühte, und wie die Wärme sich ausbreitete und von den Fenstern nach und nach der Beschlag verschwand, kämpften sie mit dem Schlaf und schliefen schließlich im Sitzen, einmal hatte der eine seinen Kopf auf der Schulter des anderen, einmal war es umgekehrt, oder sie kippten voneinander weg, und wenn sie von Zeit zu Zeit aufschraken, sahen sie sich um. Sie waren so abwesend, daß ihnen das Politisieren wahrscheinlich entging, das auf einmal in Gang kam, oder sie nahmen nur Schlagworte wahr, ›Wirtschafts-‹, ›Weltwirtschaftskrise‹, ›Reichstagswahlen‹, was auch, es wurden Namen genannt, Namen von Personen aller Parteien, und es war immer wieder auch der eine, den sie nur den Österreicher nannten, in einer Mischung aus unverhohlener Bewunderung und einem Wissen, einer Ahnung mehr, daß die Bewunderung heikel war. »Wir müssen weiter.«

Die Maschine war schon startbereit, stand mit rotierenden Propellern am Ende des Rollfelds im gerade einsetzenden Nieselregen, als der Chauffeur den Wagen vor dem Kontrollturm zum Stillstand brachte, als müsse er ihn mühsam bändigen, und die Herren schnell aussteigen ließ. Abgemacht war, daß er über Innsbruck nach Meran fahren sollte, um vor Ort alles weitere zu sehen, während sie sich in die Luft begaben. Mit tief in die Stirn gedrückten Hüten, Karikaturen, einmal mehr Karikaturen ihrer selbst, sahen sie zu, wie er davonschoß, wie er attackierte, so sein eigenes Wort, und er war verschwunden, nur das Geräusch des Motors noch nicht, es schien von überall zu kommen, schien, an allem klebend, erst nach und nach abzubröckeln, als sie sich umwandten und im Laufschritt über die Startbahnen eilten. Es war ein Seelenverkäufer, wenigstens mußte es ihnen so vorkommen, das Ding, auf das sie zuliefen, rostzerfressen, allem Anschein nach, mit abblätternder Farbe, mit richtigen Nestern von Beulen und einem aufgemalten Totenkopf am Heck, ganz zu schweigen vom Lärm, den es machte, einem Blubbern, nah am Absaufen, oder von dem filigranen Gestänge in seinem Inneren, den Gräten, Querverstrebungen, zwischen denen die nackten Metallsitze viel zu plump wirkten, und sie waren kaum eingestiegen, einer nach dem anderen, Demel, Delge, Berger und Gerber, als es losging, ein Ruck, ein holpriges Dahinrollen, ein Aussetzer, einen Augenblick, und sie schwebten, schwankend, mit winkenden Schwingen. Da hatte es nur seine Richtigkeit, daß der Pilot nach dem Klischee eines Rabauken modelliert war, ein richtiger Haudegen, Weltkriegsveteran, wie sich herausstellte, ein Mann in seinen besten Jahren, ein Kahlkopf, glatt rasiert, stiernackig, und wie er sie mit einem Brummen begrüßte, mehr war es nicht, schwang unterschwellig schon sein Lachen mit, ein Lachen, rauh, tonlos, das den ganzen Flug über immer wieder aus ihm hervorbrach, wenn er etwas zu ihnen sagte, oder wenn er sie ansah. Davor spuckte er meistens ein Stück Kautabak auf den Boden, der mit bräunlichen Flecken gesprenkelt war, und was kam, war immer abgehackt, ein einziger Satz meistens, und meistens verkürzt. Er steuerte die Maschine wie einen Bagger, so grobschlächtig, und als sie die österreichisch-italienische Grenze erreichten, zog er im Zickzack über den Alpenhauptkamm, um eine möglichst große Fläche abzudecken, mit richtigen Spitzkehren, Schleifen mit immer engerem Radius, haushoch, nicht viel mehr, über den Gipfeln, daß sie die erstaunten Gesichter einer Seilschaft Alpini sehen konnten, die in einer Flanke hing und ihnen mit Ferngläsern nachsah, eine Tatsache, die er über alles genoß:

»Spaghettis, ich kann's nicht glauben, Spaghettis.« Stets von neuem wiederholte er den Satz, mit einer Versessenheit, daß ihnen mulmig wurde, und wenn er die Drohung nicht wahrmachte, umzukehren und mit vollem Karacho über sie hinwegzubrausen, so nur, weil sie im selben Augenblick den Ballon entdeckten, seitlich, unmittelbar neben sich. Da schwenkte er schon um und ließ den Vogel mir nichts, dir nichts absacken, wie in einem vollkommenen Vakuum, und während sie im Näherkommen, zwischen den nassen, schwarz glänzenden Felswänden, Einzelheiten erkannten und schon den Photoapparat zückten, kämpfte er mit den plötzlich aufkommenden Windböen, die sie wild hin- und herbeutelten, aufhoben und augenblicklich wieder fallen ließen, mit atemberaubender Beliebigkeit, um das trudelnde Durcheinander unmittelbar über dem Gletscher hochzureißen und, sowie es sich stabilisiert hatte, wieder hinunterzustoßen, im Sturz, wieder und wieder, während die Herren vor Angst und Aufregung schrien und stets von neuem versuchten, Photos zu machen, stets von neuem vergeblich.

Als der erlösende Anruf kam, zögerte der Direktor keine Sekunde, verfrachtete die auf einmal aufgeregt schnatternde Frau des Professors samt ihren Kindern in seinen Wagen und machte sich, ohne die Sekretärin auch nur aufzuklären, auf den

Weg. »Wenn meine Frau anruft, sagen Sie ihr, was Sie wollen.« Er war in seinem Element, und auf der Fahrt wechselten sie sich ab, unerhört, in ihren Monologen, er und die Dame neben ihm, ein Prachtstück, wie sie nach und nach die Fassung wieder gewann und in einem fort sagte, er lebt, mein Gott, er lebt, in einem Ton, der offen ließ, wie es gemeint war. Daß sie augenblicklich, vor Schreck, er könnte sie mißverstehen, von ihrer Ehe schwadronierte, mit einem Vokabular wie aus einer Bibelstunde, ›pflichtbewußt‹, ›aufopfernd‹ und ›treu‹, Ungeheuerlichkeiten, alles Ungeheuerlichkeiten, während er, an ihr vorbei, von der Ballonfabrik schwärmte, Festvortragsgerede, Stichwort ›Jubelbroschüre‹, ein steriles Konzentrat. Sie ging so weit, ihren Mann Gemahl zu nennen, und nicht nur das, eine historische Person, und er stand ihr nicht nach, wenn er Institut sagte, oder Institution. Schritt um Schritt schaukelten sie sich gegenseitig immer höher auf, ohne eine Regel zu verletzen, und auf dem Höhepunkt, als es nicht mehr weiter ging, sahen sie sich an und lachten, und es war wahrscheinlich der Junge, es waren die Mädchen im Fond, die, nebeneinander sitzend, still zuhörten, eine Kleinigkeit war es, so viel schien klar, daß sie nicht von einem Augenblick auf den anderen alles umstießen und sagten, was sie sagen wollten, sie, er ist ein Scheißkerl, und er, meine Rede, meine Rede, Madame, ganz natürlich, und unser Betrieb natürlich nichts wert. Es war kein Unglück, daß es nicht geschah, wie es kein Unglück gab, wenn es nicht herbeigeredet wurde, wenigstens war das landauf, landab die Meinung, und wie sie so dahinkutschierten, ohne Eile, mußten sie wirken wie eine Familie, mit allem Zubehör, mit einem schmerbäuchigen, schnell alternden Vater, der mit wachsender Resignation den Kampf gegen sein Altern verlor, einer zwischen den Jahren hin- und herschwankenden Mutter und ihrem wie aus dem Katalog bestellten Anhang, strotzend vor Vorbildlichkeit, eine Familie auf einer wunderbaren Sonntagsfahrt.

Irgendwann am Nachmittag trafen die ersten Zeitungsleute im Dorf ein, Vertreter von lokalen Blättern, und wie es schien, wie sie sich bewegten, mit welcher Selbstverständlichkeit, um nicht zu sagen, Penetranz, sie ihre Nasen überall hineinsteckten, waren es die allseits bekannten Dummköpfe und Zyniker, verhärmte oder vom Suff aufgedunsene Gestalten, Männer, denen alles ›wurscht‹ war, wie sie sagten, und unter ihnen eine Frau, ein richtiges Weibsbild, eine Walküre, die mit ihren starken Sprüchen, mit ihren ausländischen Zigaretten oder allein schon mit ihrer Tracht ein Original war. Nachdem sie da und dort herumgeschnüffelt hatten, stürmten sie zusammen die Dienststelle der Post, weckten den Postler auf, um an ihre Schmuddelredaktionen zu melden, daß es nichts zu melden gab, und waren augenblicklich wieder im Freien, wo sie sich von ihrem Gefolge feiern ließen, ein paar Neugierigen, den üblichen Adabeis, ohne die es nicht ging. Der nächste Schub Ankommender schwemmte die ›seriöse‹ Presse an, anzug-, mantel- und huttragende Herren, die aus München kamen und mit steriler Arroganz ihre Recherchen betrieben, als müßten sie die ›Sache‹ sezieren, unscheinbare Figuren, und in ihrem Schlepptau waren die Kerle von der Augsburger Zeitung, offenbar übernächtig, unausgeschlafen, die am ehesten eine Ahnung, den Flair der großen, weiten Welt verbreiteten, mit ihrer schon klischeehaften Ungepflegtheit, Detektive, wie es sie in Büchern gab, wahrscheinlich alles zum Mißfallen der Schickimickis, die sie immer noch begleiteten, und nicht zu vergessen, die Schauspielerin, nur mehr ein Schatten ihrer selbst, so zerzaust, so zerrupft war sie, so sehr außer sich. Zwischen Hotel und Gemischtwarenhandlung wurden mittlerweile Tische und Bänke aufgestellt, vom Schwarzen Luis und vom Weißen Hans initiiert, ein Bierausschank, und als es ihnen auch noch gelang, den schon obligatorischen Ziehharmonikaspieler aufzutreiben, einen verschreckten, finster vor sich hinblickenden Burschen, der aufspielte, als ginge es um sein Leben, als nach und nach, von den Klängen angelockt, aus allen möglichen Löchern irgendwelche Einheimischen hervorkrochen und die Bauarbeiter sich dazugesellten, war es ein Wirbel, und tatsächlich, es ging hoch her, als der Professor und der Assistent, blumenbekränzt, mehr tot als lebendig dahertrotteten, wie Almabtriebskühe, Felicitas und Philomena links und rechts von ihnen, und dahinter, weit, weit dahinter die Sektionsleute. Augenblicklich verstummte die Musik, und es war ein einziges Durcheinander, das den beiden entgegenschlug, ein Wirrwarr von Fragen, und erst als Franz Joseph Schatz sie abschirmte und um Ruhe bat, wurde es allmählich still, und sie standen einer ganzen Horde von Reportern Rede und Antwort, immer unwilliger, und schließlich, als sie sich in ihr eilig reserviertes Zimmer zurückzogen, entstand vor dem Telephon ein wildes Gedränge, und mehr noch, wieder und wieder brachen Schlägereien um die Plätze aus. Meldungen gingen hinaus. Meldungen kamen herein. »Die Bundespräsidenten Österreichs und der Schweiz und andere hohe und höchste Persönlichkeiten telegraphierten ihre Glückwünsche, und der König von Belgien ließ dem Professor die Ernennung zum Kommandeur des Leopoldsordens, dem Assistenten die zum Ritter übermitteln.« Als über den Dächern das Flugzeug auftauchte, ging es Schlag auf Schlag, als es so tief daherschwebte, daß alle die Köpfe einzogen, und, an seinem Tiefstpunkt lautlos, wie mit abgeschalteten Motoren, stieg es, plötzlich röhrend, wieder auf, zog weit draußen im Tal, lächerlich klein und kaum mehr hörbar, eine Schleife und kam zurück, und nein, unmöglich, nein, es landete, es schickte sich an zu landen, so viel war klar, als es, am Kirchturm vorbei, nur knapp über den Drahtseilen, die zwischen den Ställen von einer Bachseite zur anderen gespannt waren, einen Augenblick, schien es, reglos in der Luft stand, und schon berührte es den Boden, machte ein paar Sprünge und holperte über den Sammelplatz, die einzige Wiese weitum, die groß genug war, und wie es ganz nah an ihrem Ende zum Stehen kam, wurde es still. Dann Applaus, selbstverständlich Applaus, als Demel, Degle, Berger und Gerber nacheinander ausstiegen und in eigenartig gebückter Haltung angerannt kamen, als müßten sie sich vor den langsamer und langsamer rotierenden Propellern in acht nehmen, und es war der Höhepunkt, als auch der Pilot erschien, vor der Maschine in Pose ging, mit Schildkappe und Sonnenbrille, unschlüssig, wie er dastand, zu lange, wie er sich ungeniert in den Schritt griff und wie ein Pausenclown, mit steifen Beinen, hinter ihnen herlief. Schon im nächsten Augenblick zuckelte das Auto des Direktors über die Brücke, blieb, blitzblank im Sonnenlicht, stehen und spuckte die Frau des Professors mit ihren Kindern aus. Dahinter, unmittelbar, wie als Kontrast, entstand im aufgewirbelten Staub, als würde er sich mit seinem Bild erst materialisieren, schlammverkrustet der Wagen eines offenbar Verrückten, eines Rasers, mit Höchstgeschwindigkeit, und als er abrupt zum Stillstand kam und ein Mann sich schimpfend, ohne daß man sein Geschimpf verstand, daraus hervorarbeitete, war es natürlich Dagobert Zeeh. »Wir hatten Aufstellung genommen, Hauptdarsteller, Nebendarsteller und Statisten, und als die Forscher wieder zu uns stießen, konnte das Spiel beginnen, und wir mußten nur tun, was man in solchen Situationen tat, es uns gut gehen lassen, so leicht war es, schwer genug, ohne Probe, wir mußten nur ein Fest in Gang bringen, mit den üblichen Böllerschlägen, mit der üblichen Sauferei, mit dem üblichen Wischiwaschi, und es war alles im Lot.«

»Außergewöhnliches«, Zitat Augsburger Zeitung, »leistete die Filmberichterstattung der Ufa. Mit den ersten Reportern war am Tag nach der Landung auch einer ihrer Kameramänner an Ort und Stelle, und er zögerte nicht, es ging ruck, zuck, Aufstieg zum Gletscher, Aufnahme, und am Abend raste er zurück nach München. Das Flugpostflugzeug war schon weg. Sonderflug am nächsten Morgen, Start um 10, Landung in Berlin um 2 Uhr. Film entwickeln, Film kopieren, schneiden und zusammensetzen. Text auf Tonband sprechen, Ton entwickeln, Ton kopieren. Originaltonaufnahmen waren aus technischen Gründen nicht möglich. Als in der Hauptstadt die Lichter angingen und die Leute in die Filmpaläste strömten, waren, tatsächlich nicht einmal achtundvierzig Stunden nach der Landung in einem weltvergessenen Alpental, die ersten Bilder in der Tonwoche, verwackelt, verschwommen, zugegeben, von Ballon und Gondel, von den müde lächelnden Fliegern vor einem Haufen von Neugierigen, und es war ein Triumph der Technik, es war mehr, es war etwas Amerikanisches, es war Hollywood mit seinem Glanz.«